L'AMI DE MON PÈRE

Mon père, journaliste au « Petit Parisien », a été arrêté au mois d'août 1944 et condamné pour « intelligence avec l'ennemi ». Après jugement, il a été détenu à la maison centrale de Clairvaux d'où il a bénéficié le 11 novembre 1947 d'une libération conditionnelle. Tels sont les faits. Irréfutables.

Mais cet « ami de mon père », ce camarade de prison, cet homme dont j'appris qu'il s'était engagé à vingt ans, dans la « division Charlemagne » pour combattre sous l'uniforme allemand contre les Russes, et que je vis arriver un jour de l'été 1961, dans notre maison du Midi, au volant d'une Triumph décapotable, je me demande si je ne l'ai pas, pour une part, imaginé, afin de lui poser les questions qu'adolescent je n'avais posées à personne.

Jusqu'à ce que le temps adoucisse les blessures ou les impatiences de l'enfance. Ou que s'affirme le besoin d'écrire – cette façon de se détacher à jamais du passé.

F.V.

Frédéric Vitoux, critique littéraire, a publié de nombreux romans. Parmi ses derniers livres parus on citera Charles et Camille, La Comédie de Terracina *(Grand Prix du Roman de l'Académie Française, 1994) et* Deux femmes.

Frédéric Vitoux
de l'Académie française

L'AMI DE MON PÈRE

ROMAN

Éditions du Seuil

TEXTE INTÉGRAL

ISBN 2-02-053046-5
(ISBN 2-02-034044-5, 1re publication)

www.seuil.com

A… Henriette !

La chute d'un empire n'a rien de réel. Ce qui est réel, c'est l'incendie d'une ferme.

GOETHE

Pourquoi le narrateur de ce livre s'appelle-t-il Pierre Murr et non Frédéric Vitoux ? Pourquoi, s'il faut tout résumer par un mot, ai-je intitulé « roman » ces pages écrites au plus près de mes émotions et de mes souvenirs familiaux ?

Quiconque aurait la curiosité de consulter les collections du Petit Parisien *retrouverait sans peine les articles de mon père, à la date exacte où je les ai ici évoqués. Tout comme le numéro de* Je suis partout *du 14 juillet 1944, avec son titre qui noircissait la première page sur six colonnes : « Les Balkans sous l'orage – choses vues en Europe centrale, par Pierre Vitoux. »*

Mon père a été arrêté au mois d'août 1944 et condamné pour « intelligence avec l'ennemi » à douze ans de travaux forcés par la Cour de justice de la Seine le 21 mai 1945 – peine commuée ensuite en quatre ans de prison. Après son jugement, il a été détenu à la maison centrale de Clairvaux d'où il a bénéficié le 11 novembre 1947 d'une libération conditionnelle. Tels sont les faits. Irréfutables.

Christian de la Mazière à qui le film de Marcel Ophüls, Le Chagrin et la Pitié, *avait donné en 1969 une éphémère notoriété compléta deux ans plus tard son témoignage en publiant aux éditions Robert Laffont un récit autobiographique :* Le Rêveur casqué. *Il y racontait en particulier comment il s'était engagé en août 1944 à Paris dans l'armée allemande pour combattre les Russes au sein de la division française « Charlemagne » des Waffen SS. Et comment, par la suite, détenu à la centrale de Clairvaux, il fit la connaissance de mon père dont il parle à plusieurs reprises en termes chaleureux. Encore une évidence.*

Je me souviens pour ma part d'une visite de Christian de la Mazière à mon père, un été, à La Nartelle. J'étais à peine un adolescent. Il conduisait une voiture de sport décapotable anglaise. J'appris plus tard qu'il travaillait dans le show-business. Qu'il avait connu Juliette Gréco. Qu'il était l'agent de Dalida. Est-ce lui « l'ami de mon père » qui donne son titre à cet ouvrage ? Mais alors, pourquoi avoir travesti son nom ? Christian de la Mazière, on l'a vu, n'a jamais refusé d'affronter son passé.

J'en reviens à la question initiale du « roman » qui, à mes yeux, n'est jamais un mensonge. Ce genre littéraire, je l'aime, je l'endosse au contraire comme un vêtement assez large, qui me permet la plus totale liberté de mouvements, de sentiments et surtout d'aveux. Pourquoi Pierre Murr donc ? Tout simplement parce que c'est l'habit ou le patronyme dans lequel je me sens le plus à l'aise depuis une vingtaine d'années, depuis Fin de saison au Palazzo Pedrotti, Riviera, La Nartelle, Deux Femmes, *où il apparaît et revient comme un double peu déguisé de l'auteur. De même que le prénom d'Henriette y désigne la femme qui par-*

tage ma vie. Si bien que je ne sais plus parfois quel est son vrai prénom, Henriette ou bien... Une affaire de naturel, de liberté de mouvements, vous dis-je.

Sans aucun doute, Christian de la Mazière a été le point de départ de ce livre. Ou son prétexte, au sens littéral. Mais il n'y apparaît pas du tout comme tel. Il est fictif, cet « ami de mon père », et dans un but bien précis. Afin que cette fiction – ou cette rencontre de rêveries et de souvenirs – agisse comme un révélateur pour cristalliser, pour mettre au jour une vérité affective qui, sans cette intervention, ne serait pas apparue avec autant d'urgence.

Je me demande encore si je n'ai pas imaginé ce personnage pour pouvoir lui poser les questions qu'adolescent je n'avais posées à personne. Jusqu'à ce que le temps adoucisse les silences ou les impatiences de l'enfance. Ou que s'affirme le besoin d'écrire – cette façon de se détacher *à jamais du passé.*

F.V.

Rue Saint-Louis-en-l'Isle

février 1998

Devant moi, chez Bernard qui tient la boutique de fromagerie-épicerie de la rue Saint-Louis en face de l'église, l'homme prenait son temps. Ou alors, le temps ne comptait pas pour lui puisqu'il se savait désormais en sursis, lent et patient comme le sont les gens qui sont parvenus au bout de leur vieillesse. J'observai la couronne de ses cheveux blancs, sa silhouette voûtée et le loden qui lui descendait aux mollets. Je ne le connaissais pas. Pourtant sa silhouette m'était familière. Ce sentiment de déjà vu. A la fin, l'homme désigna un pot de confiture.

– Comme d'habitude ? lui demanda Bernard.

L'homme inclina la tête.

– Oui, comme d'habitude.

Bernard posa le pot sur le comptoir, près de sa machine à découper le jambon, et il dévissa le couvercle. J'entendis ce petit bruit d'air comprimé qui s'échappe. Vlouuuf ! Puis, tout aussi vite, Bernard revissa le couvercle et glissa le pot dans le sac à provision de son client. C'est tout.

Un geste furtif. Qui disait la vieillesse, la force qui manque pour dévisser la première fois le couvercle d'un pot de confiture. Et Bernard le savait. Il en tenait compte. Ce geste était empreint d'une modestie qui serrait le cœur. C'était donc cela la vieillesse. Non pas les grands mots ou les abstractions qui épuisent. Mais le soin pris à ouvrir à l'avance un pot de confiture. Et tout était dit. Ou plutôt rien n'était dit. Comme d'habitude ? Oui, comme d'habitude. Bernard si robuste, si bon vivant, n'avait qu'à poser la main. Vlouuuf ! L'air qui s'échappe. Et son client n'aurait plus d'effort à fournir.

Quand ce fut mon tour, j'achetais en prime la même confiture. Une gelée de cassis, un pot de trois cent soixante-dix grammes de la marque *Eric Bur*. Sans doute pour me rassurer. Pour me prouver que, moi, je n'avais pas besoin qu'on me l'ouvrît... Mais, auparavant, il y avait eu autre chose. Le vieil homme avait tendu un billet de cent francs à Bernard qui lui avait rendu la monnaie. Il s'en était saisi de la main droite avec un mouvement désinvolte, presque chorégraphique, le poignet plié, le coude collé au corps, puis le bras qui sinue, avant de plonger la main dans la poche de son loden et d'y enfouir ses pièces. Un geste surprenant pour son âge et qui, lui aussi, m'était familier. Comme la voussure de ses épaules.

J'achetai ensuite *Le Monde* en face, à la librairie « Au plaisir du texte ». Les nouvelles étaient prévisibles. Des chômeurs occupaient les bureaux des Agences nationales pour l'emploi. Ils réclamaient le relèvement de leurs allocations. Le succès du film *Titanic* allait grandissant. Les catastrophes des autres font toujours rêver. La France s'apprêtait à ratifier avec solennité l'accord sur la monnaie unique, l'euro. La future coupe du monde de football commençait à émouvoir les chroniqueurs. En attendant, le XV de France écrasait l'Écosse à Murrayfield. L'hiver est d'abord la saison du rugby. A Bordeaux, le procès de Maurice Papon s'éternisait, qui s'était voulu exemplaire. Exemplaire de quoi ? D'un devoir de mémoire et d'un strict partage entre le courage et la lâcheté, l'héroïsme et la trahison ? Oui, cela était nécessaire. Mais l'époque de la guerre et de l'Occupation s'y révélait davantage tragique. Autrement dit, contradictoire. Pourtant, au procès de Maurice Papon, personne ne voulait entendre parler de la tragédie ou des contradictions de la France. On rêvait davantage d'une France épique. Et imaginaire. Ou uniformément infâme. Et non moins imaginaire. En bref, il me semble que tout se brouillait aux yeux de l'opinion publique. Ce procès surtout me mettait mal à l'aise. Je ne pouvais m'empêcher de penser à mon père.

Il était mort un an et demi plus tôt à l'Hôtel-Dieu. Il souffrait depuis longtemps d'une maladie de type Alzheimer. Sa mémoire l'avait abandonné. Tout se confondait pour lui. Le passé, le présent, le délire. Mon père avec ses yeux clairs, son sourire plus lumineux encore, lui qui était resté si courtois avec ses gardes-malades, avec ma mère, avec Henriette, avec moi, avec ceux qui veillaient sur lui et l'empêchaient de s'égarer ! Et il s'égarait pourtant. Dans son grand appartement du quai de Béthune. Dans la rue parfois. Il déployait mille ruses pour s'enfuir. Il s'égarait aussi dans ses pensées. Il n'avait plus de pensées. Il s'innocentait. Il était innocent en quelque sorte. Mon père était mort innocent.

La lecture du *Monde* et le procès de Maurice Papon

me ramenaient donc à mon père pendant les années de guerre, quand il était journaliste au *Petit Parisien* qui paraissait sous le contrôle de la censure allemande. En août 1944, mon père avait été arrêté. Juste au moment de ma naissance. Il n'avait pas été jugé innocent, mais coupable de travailler pour un quotidien qui défendait les thèses de la collaboration franco-allemande. Il avait été condamné à douze ans de prison. Mais mon père, je l'ai dit, était mort innocent. Et depuis sa mort, et depuis même que sa mémoire l'avait quitté, que les premiers symptômes de la maladie d'Alzheimer l'avaient affecté, j'éprouvais le besoin de récupérer comme je le pouvais un peu de sa mémoire à lui, de sauver ce qui pouvait être sauvé de ce naufrage, un sauve-qui-peut, des anecdotes, des souvenirs confus de ma propre enfance, des documents que je rassemblerais, des témoignages que je pourrais recueillir de ses amis, de ses proches, mais en existait-il encore ? Mon père était mort à l'automne 1996. Il était né en février 1908. J'avais ouvert un dossier en vue d'un livre sur lui que j'écrirais ou que je n'écrirais jamais. Des notes, des plans, des bagages jetés dans un canot de sauvetage. Le *Titanic* toujours.

J'achetai donc *Le Monde*, parcourus les titres et rentrai à la maison. L'image alors s'imposa, le geste sinueux pour enfouir la monnaie dans sa poche, cette désinvolture chorégraphique. C'était le geste d'un ami de mon père. J'avais toujours été épaté par les gens qui manipulaient l'argent avec autant de désinvolture. Peut-être ne m'étais-je pas débarrassé de mes années d'enfance et d'adolescence, de l'angoisse diffuse ou avouée que je sentais chez mes parents à l'idée de boucler leurs fins de mois. Mon père s'occupait de relations publiques pour des entreprises. Parfois, certains clients le quittaient. Il patientait pour décrocher d'autres contrats. Les Grands Moulins de Paris, l'Institut Mérieux. Je me souviens d'eux. Mon père redoutait cette précarité d'emploi. Et ma mère plus encore, qui était obsédée par l'idée de tenir son rang, cette forme de permanence, d'immuabilité qui rassure. Et tout se recoupait : mon père en prison, le vieil homme avec son pot de gelée de cassis, vlouuuf ! Simplement cet ami de mon père n'était pas un vieil homme. Pas du tout. Mais il avait toujours eu cette même voussure des épaules. Je retrouvai son nom, le nom de cet homme qui jetait la monnaie dans sa poche, sans la compter, qui l'y enfouissait ou, mieux, l'y oubliait.

Il s'appelait Bernard du Perray.

Oui, tout me revint en mémoire. Bernard du Perray ! Et je me sentis disposé à échanger le nom de mon père contre celui de Bernard du Perray. Ce canot de sauvetage-là était moins périlleux. Ou plus romanesque. La part du rêve en somme.

Bernard du Perray.

Oh ! je ne peux pas dire qu'il ait beaucoup compté dans ma vie. Mais il m'avait accompagné tout de même. De loin en loin. Je l'avais oublié. Je le retrouvais. Une présence qui clignotait. Assez énigmatique au fond. Il n'était plus du tout question de confiture. Ni du geste de Bernard le fromager, vlouuuf !, et de la vieillesse qui se trahit si furtivement. Il était question de ma jeunesse d'abord. Et de mon père en arrière-plan. Avec prudence en arrière-plan. Mon père toujours aussi pudique, qui répugnait à parler de lui, de ses convictions, de ses fidélités, de ses égarements, de ses faiblesses. Cette pudeur dont j'ai sans doute hérité. Et de Bernard du Perray qui, en un sens, n'avait rien à voir avec mon père. Sinon qu'il avait vécu près de lui durant de longs mois. Les mois sans doute les plus difficiles de sa vie, et qu'il pouvait projeter sur lui un éclairage indirect. Et donc sans violence. Bernard du Perray plus jeune que mon père. D'au moins vingt ans, je crois...

Une Triumph à La Nartelle

août 1961

Les voitures, on les entendait de loin. Dès qu'elles quittaient la nationale du bord de mer, empruntaient l'allée bordée de palmiers et gagnaient le fond du vallon. Surtout quand il y avait du vent d'est. Le bruit s'amplifiait et ricochait sur les collines. On tendait l'oreille. Il y avait des moteurs puissants, impatients, en surrégime. J'imaginais aussitôt des décapotables, des MG ou même des petites Austin Sprite. Il y avait aussi des ronronnements plus pantouflards, les 403 Peugeot, les premières DS Citroën. Ou encore la brave crécelle des 2 CV qui ne doutaient de rien.

Après l'allée des palmiers, la route du domaine se divisait par une fourche. A gauche, plus escarpée, elle sinuait entre des villas sous une voûte de pins parasols. A droite, elle suivait le creux du vallon et surplombait le cours d'eau qui avait donné son nom au domaine, La Nartelle, un ruisseau qui prenait vie seulement dans les heures qui suivaient une averse. C'était cette route, la route du bas, que j'empruntais avec mon Vélosolex. Et c'est encore par cette route que continuaient de s'amplifier les moteurs et leurs échos sur les collines. Peu de villas la bordaient. Il fallait attendre le fond du vallon et le vieux mas appelé L'Hermitage pour que cette route du bas, après un virage sur la gauche en épingle à cheveux, revînt vers nous par une ligne droite et plane, flanquée de maisons construites sur le flanc de la colline, avant de replonger deux cents mètres plus loin et de boucler la boucle.

La villa de mes parents, construite en 1938, avait été l'une des premières du domaine. En 1961, elles restaient encore peu nombreuses. Alors, forcément, les voitures qui s'approchaient par la route du bas avec leurs moteurs qui frimaient, pontifiaient ou s'exténuaient, il y avait de bonnes chances pour qu'elles se dirigeassent vers nous. Et depuis la véranda, depuis le jardin, je les guettais, je les suivais à la trace, à l'oreille. Parfois tout s'arrêtait prématurément. Fausse alerte. C'était pour L'Hermitage. Et le temps redémarrait. Ordinaire. Ou alors, la voiture changeait de vitesse, accélérait sur la ligne droite après l'épingle à cheveux, elle me narguait, elle ne s'attardait pas devant la villa de mes parents, d'une architecture encore très Art Déco d'inspiration, les arcades de la véranda, l'arrondi de la salle de séjour, ce mélange de fantaisie corrigée par une géométrie très ample, très rythmée, non, elle n'y prêtait aucune attention, la voiture filait vers le bout de la ligne droite où prospéraient des résidences plus somptueuses comme L'Albaïcin avec sa pergola circulaire, My Dream dont le nom me fascinait (à la différence de sa traduction, mon rêve, dont je mesurais la vulgarité) et surtout La Bastide rose qu'occupaient nos voisins les Meynier, avec tennis, tir à l'arc, piscine, garage pour trois voitures, un château n'est-ce pas, le type de demeures inaccessibles qu'occuperont toujours les riches et les heureux du monde. Le silence revenait. Et les stridulations des cigales. La chaleur verticale de l'été. Cette chaleur si épaisse du mois d'août et dont pourtant je ne souffrais pas.

Je vous parle des voitures qui remontaient vers le fond du vallon, dans le domaine de La Nartelle. Ou du bruit de ces voitures, tel qu'il me parvenait, parce qu'il me semble que tout commença ainsi pour Bernard du Perray. Par le grondement d'une voiture qui emprunte la route du bas et qui se rapproche. Et mieux, si aujourd'hui, je devais résumer Bernard du Perray à une image ou à une impression sonore, ce serait encore celle-ci : une voiture qui emprunte la route du bas et qui se rapproche. Et pas n'importe quelle voiture, n'importe quel moteur, n'importe quelle conduite. Mais la puissance claironnante d'une décapotable anglaise, le double débrayage à l'entrée de l'épingle à cheveux, le moteur qui monte en régime, un virtuose au volant (une seule référence pour moi à l'époque : Fangio) ou alors un acteur de cinéma américain, Cary Grant mettons dans *La Main au collet* avec Grace Kelly à côté de lui. Une voiture rêvée dans l'été immobile.

Cary Grant ? Non, il ne s'agissait pas de lui. Mais avec Bernard du Perray, est-ce que je me trompe beaucoup ? Cette voiture invisible qui s'approchait, qui fonçait, coupait au plus court les sinuosités modestes de la route du bas, elle fut le signe même de l'aventure en ce début d'après-midi.

L'heure de la sieste. Il ne se passait jamais rien à l'heure de la sieste. Vers une heure et demie, on était remonté de la plage. Après le repas pris sur la véranda, mes parents s'enfermaient dans leur chambre. Ils tiraient les volets. Il m'arrivait de me reposer moi aussi. Je revois ma chambre, avec sa peinture vert pâle. La pénombre lui donnait l'illusion d'une fraîcheur d'aquarium. Les pinceaux de lumière à travers les interstices des volets accusaient sa profondeur. Contre ses volets butaient les stridulations des cigales. J'aime ce souvenir. Mais, à l'époque, je n'aimais pas ce moment de la journée. La sieste est l'apanage des enfants et des adultes, pas celui des adolescents impatients de grandir, les yeux ouverts. La sieste, c'était l'heure de l'ennui entre deux divertissements. Entre la plage de midi et les copains que je retrouvais en fin d'après-midi pour étirer notre oisiveté chez les uns et les autres, projets, ricanements, flirts ou compétitions de volley-ball de retour sur la plage... L'heure de la sieste, je la réservais à la lecture. Des livres de poche. Ceux qui s'accumulaient chez nous. Les romans de Pierre Benoît, de Charles Morgan ou de Jacques de Lacretelle, les biographies de Stefan Zweig sur Fouché ou Marie Stuart et d'abord les *OSS 117*. Je revois leurs couvertures à dominantes jaune et rouge. La sieste, c'était le moment où personne ne bouge, ne parle...

Mais il y eut ce bruit de voiture sur la route du bas.

Une Triumph bleu marine, décapotable. Une TR 4. Son capot bien allongé et arrondi, ses phares relevés comme des paupières, ses sièges de cuir havane, le tableau de bord en acajou. Oui, d'abord la voiture avant les passagers. Elle s'immobilisa le long de la route, à la hauteur du petit escalier. Elle n'avait pas emprunté la rampe qui mène au terre-plein et au garage sous la maison.

Il devait être près de quatre heures. J'avais disposé mon transat au pied des marches qui conduisaient à la véranda, une étendue de terre rocailleuse bordée de romarin, de mimosas et de griffes de sorcières, j'étais affalé en train de lire. Je n'arrêtais pas de lire, je l'ai dit. Je m'isolais dans mes lectures. Ce qui me tombait sous la main. Je lisais comme on doit lire à seize ans, à dix-sept ans, quand on aime lire et s'évader de la vie, quand on se réfugie en somme dans la lecture. Et c'était très bien de lire comme ça, sans discrimination. J'aurais le temps plus tard pour discriminer. C'était très bien de lire et de s'échapper. L'adolescence est si triste quand on ne peut s'échapper. De soi, des autres ou du ronronnement de la vie qui est immobile et qui désespère, dans l'attente de l'âge adulte et des grandes espérances dont on saura plus tard qu'elles ne s'accomplissent jamais. Les *OSS 117* avaient succédé pour moi aux bouquins du capitaine Johns, toujours aux Presses de la Cité, la série des aventures de Biggles, le pilote intrépide de la Royal Air Force, l'as de la Première Guerre mondiale aux commandes de son Sopwith Camel, avant qu'il ne pilote les Spitfire de la bataille d'Angleterre ou ne devienne détective aviateur... Mais je m'égare. Biggles, mes lectures, la sieste ou l'absence de sieste, le jardin en terrasses, les griffes de sorcières, alors qu'il y a la TR 4 qui se gare en contrebas. Une dernière accélération à vide puis le moteur qui s'assoupit et s'endort.

Une visite ? Pour nous ? La visite d'un propriétaire et

d'un conducteur de Triumph ? Non, ce n'était pas le genre de la famille. Ce n'était pas le genre de mon père. Lui, il avait une 2 CV. Peut-être qu'en 1961 il possédait déjà une Ami 6, le nouveau modèle de Citroën, mais cela revient au même. Pourtant, une fois le moteur éteint, j'entendis des bruits de voix, une femme qui prononçait le nom de la villa, incrusté en céramique verte sur l'une des poternes au pied de l'escalier : La Girelle. Elle avait prononcé ce nom avec un accent américain qui était une parodie d'accent américain, et elle pouffa de rire. Son rire aussi est américain. Une voix masculine lui dit de se taire. Et c'était un ordre. Une voix française qui était un ordre. Et la femme se tut. Son silence ne fut escorté que par les derniers soubresauts de son rire.

Est-ce que je devais aller à la rencontre des visiteurs, descendre l'escalier, les accueillir ? J'hésitai. C'était de la timidité. J'ai toujours souffert de timidité, même si je parvenais à cacher mon jeu, à indisposer au contraire mes proches par trop de bavardages (le bavardage, c'est un écran, une protection, un brouillard de paroles derrière lequel on se cache, une grenade défensive aussi, on lance ses paroles et puis on s'abrite, cela évite d'écouter les autres, d'affronter les autres, on lance ses paroles, on court aux abris et peut-être espère-t-on qu'il n'y aura ensuite plus de survivants en face de soi, plus rien à craindre pour les timides que nous sommes). Donc, je me levai de mon transat, je laissai là mon *OSS 117* et filai d'abord vers la chambre des parents.

Un coup à la porte avant d'entrer. Ils étaient encore allongés. Mon père les yeux ouverts, fixés au plafond.

Dormait-il les yeux ouverts ? Était-il déjà réveillé et songeur ? Curieux, à la réflexion, je crois n'avoir jamais surpris mon père en train de dormir (sauf à la fin de sa vie, quand il s'endormait dans son fauteuil, mais il s'agissait alors d'un autre homme), je crois ne l'avoir jamais vu en état de faiblesse, de vulnérabilité ou d'abandon. Il avait toujours été sur ses gardes, mon père, sec, même quand il riait, même quand il faisait preuve de tendresse ou d'enthousiasme. Il était capable d'emportement, c'est vrai. Mais c'était des emportements politiques ou esthétiques. Il jouait de ses emportements. Il en amusait ses amis et sa famille. Ah ! ce Georges, toujours aussi passionné ! Mais, au fond, il ne se livrait pas. D'une pudeur maladive. Pas un mot de ses émotions, ses désirs, ses peurs. Lui qui détestait les Anglais, il était plus anglais que nature. Plus flegmatique. *Never explain, never complain*. Toute sa vie, il avait voulu être écrivain, romancier. Mais il n'osa rien livrer de lui-même. Il avait tenu un journal intime. Des milliers de pages. Mais il n'était pas non plus mémorialiste. Il ne savait ni mentir ni mettre son cœur à nu. Trop blessé, sans doute. Trop introverti. Et puis je crois aussi qu'il manquait d'assurance.

Mon père tourna la tête vers moi, me regarda de ses yeux gris-bleu, si pâles. Il se redressa sans violence. Si je forçais la note, je dirais à cet instant qu'il avait l'air traqué. Il avait dû lui aussi entendre la voiture qui vrombissait, se rapprochait. Une voiture inattendue, des inconnus qui s'arrêtent devant chez lui, cela représentait-il une menace ? Allait-il être arrêté ? Peut-être pensa-t-il à cela un instant, comme pour rire. Mais on ne rit jamais impunément. Et il avait ces yeux pâles qui me fixaient, un peu fatigués maintenant ou redevenus indifférents. Il n'eut pas le temps toutefois de prononcer une parole. Ni moi une explication. Ma mère ouvrit les yeux, se tourna vers la porte ou vers moi avec brusquerie. Elle, elle n'avait rien entendu du tout, j'en suis persuadé. Elle s'enfonçait des boules de cire dans les oreilles. Et puis elle commençait à devenir sourde.

– Qu'est-ce que c'est ? Qu'est-ce qui se passe ? me lança-t-elle d'une voix trop forte (les boules dans les oreilles), tout en se redressant.

– Je ne sais pas, des visiteurs, je suppose.

Elle n'entendit pas ma réponse.

– Qu'est-ce que tu dis ?

Elle avait toujours ses boules dans les oreilles.

Je hurlai :

– De la visite !

– Ce n'est rien, Suzanne, ne vous inquiétez pas, je vais voir, lui dit mon père.

Il était déjà levé. Ma mère bougonna encore et hésita, mais mon père l'avait rassurée.

– Allez voir ce que c'est, lui dit-elle.

Ma mère aimait commander. Et mon père s'était habitué à obéir. Ma mère pouvait se faire péremptoire, blessante. Sans doute parce qu'elle avait encore moins d'assurance que mon père et qu'elle tenait à jouer son rôle, à garder sa place, ses relations, le souci du qu'en-dira-t-on. Sans doute parce que ce rang, elle le sentait fragile. Elle l'avait acquis par son mariage, elle qui était issue d'une petite bourgeoisie catholique fort modeste, et elle y tenait à ce rang, elle ne le lâcherait pas, ce privilège qui était pour elle la plus précieuse des acquisitions.

– Va accueillir nos visiteurs, me dit encore mon père, je te rejoins.

J'eus cette question idiote :

– Qui est-ce ?

Il haussa les épaules.

Je précisai :

– Ils ont une Triumph.

Mon père répéta le mot Triumph d'un air sceptique. Ce mot ne l'impressionnait pas. Il ne faisait pas partie de son monde. Je n'insistai pas et partis en avant-garde.

Cette intrusion dans la chambre des parents avait duré quelques secondes. Mon père les yeux ouverts et fixés au plafond. Ma mère qui se réveille avec brusquerie. Sa placidité à lui. Son irritabilité à elle. Cette mélancolie que plus rien n'étonne chez lui. Cette inquiétude, ce manque de sérénité, de confiance en soi chez elle... Je pourrais reconstruire cet épisode, le développer. Je crois qu'il me suffirait de cet épisode, de cette intrusion si brève dans la chambre de mes parents pour écrire un roman, le roman de leur couple. Oui, si je parvenais à bien évoquer cette tiédeur un peu étrangère de la chambre, sa lumière trop dense, les attitudes, les regards, les déplacements de mon père et de ma mère et leurs pensées durant ces quelques secondes quand j'étais venu leur dire qu'une Triumph se garait au pied de l'escalier et que des visiteurs, des inconnus, se présentaient, alors tout serait dit. On n'écrit jamais que pour cela. Pour retrouver la grâce, la révélation d'un moment et le comprendre. Un seul pinceau de lumière pour éclairer le reste. Un seul échange d'émotions et de propos minuscules entre des êtres pour démasquer une vie, ses attentes, ses déceptions. Les romans-fleuves sont souvent des romans-fuites. On multiplie les pages, les épisodes, on s'exténue à étirer des vies et des destins parce qu'on ne parvient pas à capturer de tels instants et qu'on se dit que le nombre au moins rattrapera la qualité... Je repense à mon père, à ma mère, à ce couple qu'ils avaient si longtemps formé, depuis leur mariage en 1934 jusqu'à la mort de mon père en 1996, et ils avaient sans aucun doute été heureux ensemble, un ménage épargné par les conflits domestiques, les infidélités spectaculaires ou les infidélités tout court. Mais il existe une forme de bonheur qui est un pis-aller. Mon père était rêveur et docile. Il n'avait jamais rêvé sa vie quotidienne et conjugale et il n'avait pas eu la force d'en changer. Il était un homme de devoir. Le rêve c'était pour les romans ô combien chastes qu'il écrivait et ne parvenait pas à publier. Voilà ce qu'on pouvait peut-être deviner dans ses yeux si pâles, si absents, si mélancoliques. Mais il se ressaisissait. Il aimait sa femme. Et son fils. Il n'y a aucun doute là-dessus. Il les aimait. Il ne se posait même pas la question. Il les aimait. De même qu'il était français, catholique, conservateur et monogame. Il n'avait pas le choix. Je repense à mon père, à ma mère qui ouvrit les yeux avec brusquerie. Que se passait-il ? On la dérangeait. On malmenait l'ordinaire de sa vie, de ses vacances sur la Côte d'Azur, et elle avait horreur d'être dérangée, d'être inquiétée... Et je pourrais en rester là, à cette chambre, une page, dix pages, un livre, et tout serait expliqué, mais j'avais déjà fait demi-tour, la pièce de séjour, la véranda, je descendais vers le jardin, le transat où je lisais mon *OSS 117*, j'allais accueillir nos visiteurs comme le disait mon père et je préférais cela. Sans doute parce que moi aussi j'étais embarrassé. Un enfant ne s'attarde jamais volontiers dans la chambre de ses parents. Même quarante ans plus tard, le stylo à la main, pour fouiller le linge et les secrets de famille.

Je préférais la Triumph. Et ses passagers.

Partie de ping-pong avec Virginia

août 1961

Les visiteurs gravirent les marches et gagnèrent le terre-plein, à la hauteur du garage, juste sous les fenêtres de la chambre des parents. Je les distinguais enfin. Ils étaient trois. Ils me regardèrent aussi comme je m'avançais à leur rencontre. S'imposa et se prolongea alors ce moment bizarre où nous étions encore trop loin pour nous parler. A quel moment la distance serait-elle la bonne, à quel moment le courant s'établirait-il entre nous ?

Ce fut d'abord la jeune fille que je distinguai. Elle portait un pantalon corsaire rouge. C'était la mode, les pantalons corsaires. Une grande fille aux cheveux courts, châtains, d'allure sportive, aux yeux bleu de mistral, une chemise vichy bleue elle aussi dont les pans étaient noués sur le ventre. C'était la mode, les chemises nouées sur le ventre à hauteur du nombril. Elle avait le sourire et les hanches robustes d'une *college girl* américaine. A quoi reconnaît-on une *college girl* américaine ? Peut-être à sa santé, son aplomb, son sourire de myope, son nez retroussé, ses fossettes et ses joues rebondies style Debbie Reynolds ou Doris Day. Peut-être aussi aux corn flakes qu'elle a engloutis, aux milk-shakes et à la certitude qu'elle est immortelle dans un pays qui est par vocation le seul paradis sur terre et donc immortel lui aussi, loin des poisons du passé et de la mémoire, loin de l'Europe. Elle avait quinze ans, seize ans. Elle avait mon âge sans doute. Ou peut-être davantage. Mais elle me parut plus enfantine. Et plus adulte aussi, persuadée de sa propre séduction. En bref, c'était une jeune fille et une femme. Elle n'avait aucun doute sur l'avenir. Ou peu d'imagination, ce qui revient au même. Elle se tenait en retrait, derrière les deux adultes. Mais elle était plus rassurante que les deux adultes qui, eux, n'avaient pas les joues rebondies.

L'homme à la Triumph ? Il était d'un autre monde. De taille moyenne, brun, un peu voûté, mince, habillé n'importe comment, une chemise polo beige, un pantalon bleu clair qui avait connu des jours meilleurs, mais un n'importe-comment qui me parut le summum de l'élégance, la nonchalance de l'homme qui se moque du tiers comme du quart.

Et sa compagne qui portait des lunettes de soleil extravagantes, roses, pailletées, elle ne me parut pas une simple Américaine, mais bien davantage une Hollywoodienne. A quoi reconnaît-on une Hollywoodienne ? A ses lunettes de soleil. Je le savais depuis toujours, depuis Doris Day, Debbie Reynolds et même *Playboy*, l'édition américaine que j'achetais presque chaque mois. Mon père n'y voyait aucune objection. Pour perfectionner mon anglais, je lui avais dit. Et les *playmates* aux seins volumineux, ce n'était pas la plus triste façon d'apprendre l'anglais ou l'américain, et d'attendre de grandir pour les voir, ces femmes, ces seins, en chair et en os, si je puis dire. L'Américaine devait être la mère du pantalon corsaire.

Mon cœur battit à toute allure. Face à l'impromptu, l'exotisme, l'aventure, Hollywood et la Triumph.

L'homme prit les devants :

– Ne serait-ce pas mister Peter ? dit-il.

J'approuvai. Il me secoua vigoureusement la main et me présenta aux deux femmes.

– Mister Peter, Pierre Murr pour l'état civil, je te présente Mrs. Lynn Davenport et Virginia, sa fille.

– Hi ! me dit le pantalon corsaire.

Elle me serra la main avec vigueur. En corsaire. Et m'examina d'un air qui pouvait être une manière de jauger un bâtiment, avant de se lancer à l'abordage. Étais-je digne d'elle, de son âge, de son rang ? Elle, c'était une frégate, une canonnière. Et moi ? J'avais presque atteint ma taille adulte, un mètre soixante-quinze, j'avais des yeux bruns, des traits réguliers, des sourcils faits au pinceau, comme disait l'une de mes tantes, et je me trouvais moche comme on se sent toujours moche à cet âge.

L'homme à la Triumph abattit sa main sur mon épaule, alors que je n'avais toujours pas dit un mot :

– Tu sais que je t'ai connu quand tu avais quatre ans ! Ton père me parlait souvent de toi. Il ne te connaissait pas plus que moi. Il t'imaginait par les lettres de Suzanne.

Il soupira et je ne compris pas un mot de ce qu'il disait. Mais je l'approuvai d'un air entendu. On ne contredit pas le pilote d'une Triumph.

Il ajouta :

– Ton père et moi, pour ainsi dire, on t'a découvert en même temps.

Que voulait-il dire ? Qu'il aurait pu être mon père à peu de chose près, mais quelle chose ? Que j'aurais pu être le fils d'un pilote de Triumph ? Trop beau pour être vrai. Je souris avec cette niaiserie infinie des adolescents devant les mystères de la vie et les secrets des adultes.

Lynn, la grande Américaine, s'impatientait.

– Bernard, dit-elle d'un ton de reproche, comme on tance un bébé.

Et elle prononça ce Bernard avec un accent qui était le comble de l'exotisme, les voyelles qui se prolongent, roulent et culbutent les consonnes comme des quilles de bowling.

– Ton père est là ? me demanda encore le pilote de la Triumph. Et madame ta mère ?

– Ils sont là, ils arrivent.

– Very well, young man !

Je leur proposai de s'asseoir sur les transats et les fauteuils en rotin disposés autour de la table basse dans le jardin, au pied des marches de la véranda.

Virginia la première s'installa, soupira, étendit ses jambes de corsaire. Sa mère la regarda faire. Bernard, le pilote de la Triumph, s'en fichait. La petite ne l'intéressait pas. La mère davantage. Est-ce que les stars de cinéma, les vraies, lui ressemblaient à ce point dans la vie : les lunettes roses pailletées, les cheveux blonds décolorés, une promesse de technicolor, les lèvres peintes, les seins en avant sous une blouse satinée, cette vulgarité qui est un rêve, un enchantement, une promesse, une sensualité enfin qui est à la beauté ce que la physique est aux mathématiques, autrement dit ses travaux pratiques ? Cette grande Américaine était à l'opposé des mères que je connaissais. Puisqu'elle n'était pas une mère, mais une femme. En bref, je ne savais plus où donner de la tête. Mon cœur cognait. Et les cigales stridulaient dans ma tête.

Je filai à la rencontre des parents pour les faire se presser. Mon père sortit de sa chambre. Il portait un grand short kaki et me parut un peu ridicule, le genre colonel de l'armée des Indes. Il avait pris le temps de se brosser les cheveux. Il me doubla, descendit les marches de la véranda. Je pense qu'il avait tout de même une vague idée de son visiteur. Il ne devait pas connaître des dizaines d'hommes qui roulent en Triumph ou sont susceptibles de rouler en Triumph. Je m'avançai derrière lui, je descendis l'escalier de la véranda, je m'arrêtai et je le vis d'en haut, mon père en short kaki, alors qu'il rejoignait les trois inconnus. L'homme était resté debout. Les deux femmes se redressèrent sur leurs sièges.

– Je vous en prie, leur dit mon père, très galant homme.

La galanterie avait toujours été son fort, cette qualité qui se situe au-delà de la politesse, mais en deçà du ridicule, qui pouvait être théâtrale mais qui, chez mon père, était touchante parce qu'elle était sincère. Il était galant avec naturel. Il aimait les femmes, les inconnues aussi bien que les amies de longue date, parce qu'il était heureux auprès d'elles, parce qu'elles parvenaient très facilement à le faire rêver. C'était cela, sa galanterie : une manière de remerciement pour les rêves qu'elles lui offraient. Comme l'illusion qu'il pourrait les séduire et qu'elles pourraient succomber à son charme. Sa galanterie pourtant n'avait rien d'inquiétant. Elle n'était pas le prélude à un empressement qui pourrait peut-être les flatter, mais plus certainement les mettre mal à l'aise. Mon père, je l'ai dit, n'était pas un séducteur, un Casanova pour qui toutes les femmes seraient une proie, un objet de plaisirs. Il ne voulait pas coucher avec elles. Il voulait être heureux en imaginant qu'il pourrait tomber amoureux d'elles et vivre en leur compagnie une invraisemblable idylle. Et les femmes qu'il côtoyait étaient émues par sa galanterie. Elles lui savaient gré de les rassurer, de confirmer en quelque sorte leur pouvoir de séduction. Et surtout, avec lui, elles n'étaient pas sur leurs gardes. Il n'existait qu'une femme pour être sur ses gardes : ma mère. La galanterie de mon père, ses ronds de jambe, ses compliments, sa façon qu'il avait de les faire rire ou de les écouter, de les prendre très au sérieux et de les admirer, tout cela l'horripilait. Était-elle jalouse ? Au fond d'elle-même, je ne crois pas. Mais elle accusait mon père de se rendre ridicule. Elle avait tort. Mon père n'était pas ridicule auprès des femmes. Il était émouvant. Même s'il portait un short kaki qui flottait sur ses genoux.

Pour l'heure, il se détourna de Lynn l'Hollywoodienne et de Virginia la corsaire, il fit face à Bernard. Les deux hommes se dévisagèrent. J'observais toujours la scène du haut des marches de la véranda, en plongée et plan moyen, mettons. L'un et l'autre me parurent inexpressifs. Lynn l'Hollywoodienne s'était rassise. Virginia debout fixait les deux hommes. A quoi pensait-elle ? Elle les regardait du haut de sa jeunesse, de ses attentes, de son indifférence pour tout ce qui ne gravitait pas autour de sa personne... Est-ce qu'ils allaient rester encore longtemps inexpressifs et immobiles, les deux hommes ? Les cigales redoublaient leurs stridulations. La chaleur grimpait encore. Enfin, ils tombèrent dans les bras l'un de l'autre. Comme au ralenti.

– Georges !

– Bernard !

Ils échangèrent leur prénom. Cela leur suffit. Ils s'étreignirent. Une accolade étrange. Une fraternité que je ne comprenais pas. Avec les stridulations des cigales qui les encerclaient, une glu qui les attachait l'un à l'autre.

Virginia s'allongea de nouveau sur son transat, celui que j'occupais avant leur arrivée. Elle avait posé par terre, sans ménagement, mon *OSS 117*. Elle me lança un coup d'œil. Est-ce que quelqu'un allait enfin s'occuper d'elle ? Oui, bien sûr que j'allais m'occuper d'elle. Mais, pour l'instant, je restais planté en haut de l'escalier. Je n'avais jamais vu mon père comme ça. A manifester une camaraderie exubérante et statique à la fois, lui si réservé d'habitude. Et j'étais ému. Par lui. Ému de l'émotion qu'il devait ressentir. Comme il m'arrive de rire d'une blague que je n'ai pas entendue, simplement parce que les autres rient et que le rire est communicatif. Je ris de confiance. J'étais ému de confiance. De ce qui se jouait entre mon père et ce Bernard que je ne connaissais pas. Ou de ce qui s'était joué entre eux et que je connaissais encore moins.

Puis les deux hommes se séparèrent, ils observèrent encore un temps de silence qui, comme les stridulations des cigales, était aussi une sorte de lien entre eux, une intimité incroyable.

Bernard le premier prit les devants :

– Georges, cher matricule 8290 atelier 2, je ne me trompe pas, c'était bien ça, 8290 atelier 2 ?

– Et toi la salle des « inos » 3 ?

– Avec Martineau, tu sais, le gaffe dont le chat s'appelait Tamerlan.

– Non, il s'appelait Tam-Tam. C'est nous qui l'appelions Tamerlan.

– Tam-Tam, oui, tu as raison. Et Confiture à la bibliothèque, tu te souviens de Confiture ?

Mon père sourit, un peu gêné.

– De vieilles histoires tout ça ! Qui s'en souvient ?

– Nous !

– Nous ?

Mon père s'interrompit un instant avant de reprendre :

– Oui, tu as raison, nous. Mais à quoi bon ? Nous avons changé, le monde a changé...

Allait-il commencer à dénigrer de Gaulle ou le climat politique du temps ?

Son ami l'interrompit :

– Tu as raison. Le monde a changé. Et nous avons changé aussi. Tant mieux ! Tant mieux !

Puis il se tourna vers ses deux accompagnatrices, vers Lynn surtout l'Hollywoodienne, comme pour prendre mon père à témoin de si miraculeux changements. Tu vois, maintenant j'ai pour maîtresse une femme comme celle-ci, une créature en technicolor, je peux me l'offrir, les cheveux blonds décolorés, les lunettes pailletées, les lèvres, les seins, le *sex-appeal* et le reste. La fierté du nouveau riche devant ses dernières acquisitions.

Cette forme de vanité ou de revanche sur le sort, chez l'ami de mon père, je ne l'ai sans doute pas mesurée sur le coup, quatre ou cinq marches au-dessus du groupe. Elle s'est imposée à moi par la suite, comme l'un des traits de son caractère. Avec ce qu'il y avait aussi en lui de naïveté – cette naïveté propre aux nouveaux riches. L'idée de débarquer en compagnie d'une femme semblable à Lynn Davenport avec sa corsaire de fille et d'impressionner mon père ! Oui, peut-être que mon père avait été impressionné au fond. Mais jaloux ou envieux, certainement pas. Et c'était peut-être l'envie ou la jalousie que voulait lui inspirer son ami. Regarde ce que je peux m'offrir ! Une Triumph et une star hollywoodienne ! Mais mon père, le malheureux, ne tenait pas du tout à se les offrir. Il n'y songeait même pas. Il ne prétendait pas accéder à ce qui était inaccessible. Cette femme était inaccessible. En plus, elle n'était pas son genre. Il préférait des femmes à la distinction éthérée. Son idole était la cantatrice Elizabeth Schwarzkopf. Et puis la galanterie et les ronds de jambe, cela lui suffisait.

– Le monde a changé en mieux, tu le crois sincèrement ? lui répondit mon père.

Son ami eut un geste évasif. Pour changer de sujet.

– Tu m'as l'air en pleine forme, et ton fils aussi.

Il se tourna vers moi, un appel auquel je devais obéir. Je descendis les dernières marches et les rejoignis.

– Le fameux Pierre, dit-il encore en posant sa main sur mon épaule, en prenant possession de moi comme du volant de sa Triumph. Ah ! tu nous parlais assez de ce garçon que tu ne connaissais pas encore !

Mon père me jeta un regard d'affection qui ne lui était pas habituel. Mon père répugnait en général à trahir ses émotions. Mais là, durant un instant, il eut un drôle de regard. Qui me transperça, ne se fixa pas sur moi, mais sur une abstraction. Ou peut-être sur moi quand j'étais nouveau-né. Un regard d'affection, mais aussi de tristesse. Le regret du temps perdu et des occasions manquées. Et puis, tout aussi vite, il se reprit. Il préféra jouer de la colère que de l'attendrissement. Il s'exalta. Il faut bien jouer quand la vie est si triste.

– Tu trouves qu'elle est belle la France d'aujourd'hui ? L'Algérie que l'on brade, de Gaulle de nouveau au pouvoir, ignoble comme d'habitude, les farceurs de l'OAS qui n'iront pas bien loin, les soviets qui oppriment la moitié de l'Europe, le mur de Berlin, tu as vu ça, le mur de Berlin que les cocos viennent d'édifier ?

– Georges !

Mon père s'interrompit et éclata de rire :

– Tu as raison ! On n'y peut rien. Bon, qu'est-ce que je vous sers à boire ?

Les colères de mon père, j'en avais l'habitude. Elles ne m'impressionnaient plus. Elles ne parvenaient pas davantage à me convaincre. Ni à m'indigner. Je les considérais comme une étrangeté météorologique ou familiale, une averse de grêlons. J'en prenais mon parti. Je ne les discutais pas. Deux ans plus tôt, pour un exposé d'histoire au lycée Charlemagne, j'avais eu besoin de précisions sur la carrière de Gambetta. Et mon père pour toute réponse : Gambetta ? Une fausse valeur, un imposteur, un escroc, un démagogue d'opérette ! Gambetta un grand homme ? Laisse-moi rire ! Et devant mon air déconfit, je crois vraiment qu'il avait ri. Mais je n'avais pas pu savoir qui était Gambetta.

Pour l'instant, l'actualité à mes yeux n'était pas liée à la politique de De Gaulle en Algérie, ni à la construction du mur de Berlin le 13 août à laquelle je n'avais pas prêté grande attention. Je regardais parfois les titres de la première page du *Figaro* que mes parents achetaient. Je surprenais aussi leurs conversations sur la guerre d'Algérie comme auparavant sur les événements de mai 58, l'avènement de la Ve République. Je me souvenais de l'expédition de Suez comme du naufrage de l'*Andrea Doria*. Les couvertures de *Paris-Match* étaient bien utiles pour frapper l'imagination. Mais cela glissait, s'oubliait d'une semaine sur l'autre. Je vivais dans un monde rétréci. Les écoliers n'avaient que faire de la politique. Pour eux, la mode n'était pas aux engagements, aux manifestations, aux prises de conscience. On n'était pas encore devenus militants et consommateurs. On n'était rien. Des lycéens. Même pas des grévistes lycéens. On apprenait à lire, à écrire, à compter : le latin, l'anglais, l'histoire, les maths. On attendait d'être adulte. Aucune télévision ne nous précipitait dans l'actualité. C'était peut-être un bienfait. Le droit de ne pas savoir est aussi précieux que celui de savoir. La violence de l'information planétaire – ce cauchemar du siècle à venir – nous était épargnée. Mais il y avait plus grave. Rien ne me choquait, rien ne parvenait à m'émouvoir. La guerre qui n'était pas si lointaine restait pour moi une abstraction. La Résistance, la Collaboration aussi. La déportation des Juifs, les camps, j'en avais entendu parler. Mais c'était une horreur rhétorique. Comme la Saint-Barthélemy, les tranchées de Verdun, Attila, que sais-je ! Cette horreur n'était pas présente. Mes camarades juifs du lycée Charlemagne, je savais vaguement qu'ils étaient juifs. Mais juifs ou non, quelle différence ? Cela ne me préoccupait pas. Eux-mêmes n'en faisaient pas état. Silence de prudence ou de peur ? Voulaient-ils effacer les cauchemars de leurs parents, faire comme si rien ne s'était passé ? Je ne peux répondre. Je ne me posais pas la question. Mon père lançait ses invectives contre les résistants de la dernière heure et les épurateurs assassins. Il dérapait parfois avec ses amis dans une xénophobie qui se voulait une forme de plaisanterie. De tels propos ne m'étaient pas adressés. Ils pleuvaient tout de même sur moi. Une chute de grêlons. Un phénomène naturel. J'y repense aujourd'hui et trouve peu compréhensible cette absence de sens critique ou de sens moral de ma part, même à quatorze ans, même à seize ans, même à cette époque. Non, je ne songeais pas à discuter avec mon père, à lui tenir tête. Je l'admirais pour de nombreuses raisons. Ses invectives relevaient du pittoresque. Il n'y avait pas de mal à être pittoresque. Pour ma part, j'achetais *L'Équipe*. Et, en cet été 1961, j'étais plus attentif à la victoire d'Anquetil dans le Tour de France, le maillot jaune qu'il avait porté de la première à la dernière étape, qu'au putsch des généraux d'avril et qu'aux attentats de l'OAS. L'écrivain Céline était mort le 1er juillet. Mais je n'avais pas encore lu Céline. L'aéroport d'Orly n'était pas achevé. Mais je n'avais encore pris qu'une seule fois l'avion, au Bourget, pour me rendre à Londres. Youri Gagarine était devenu le premier homme de l'espace. Mais cette réussite soviétique inquiétait davantage mon père et ceux qui voyaient le péril rouge à leur porte. Je vivais dans l'éternité. Et je me réfugiais de plus en plus au cinéma. *Cléo de 5 à 7* et *L'Année dernière à Marienbad*, je les avais vus au cinéma Saint-Paul, rue Saint-Antoine, sans y comprendre grand-chose, mais je me persuadais que je les avais aimés.

Ma mère nous rejoignit enfin.

– Suzanne, vous vous souvenez de Bernard du Perray, lui dit mon père.

– Bernard ! Georges nous parle si souvent de vous !

Non, mon père ne nous avait jamais parlé de Bernard du Perray ! Ma mère pouvait mentir avec une assurance éblouissante. Elle portait une robe jaune mimosa. Je revois ce jaune aussi éblouissant que son mensonge. Ma mère s'appliqua à être aimable. Son sourire de commande, comme on disait. Et les présentations furent achevées.

Bernard et mon père parlaient à voix basse maintenant. Ils s'isolèrent. Bernard avait l'air de se moquer comme d'une guigne de l'Hollywoodienne et du pantalon corsaire qu'il avait traînés jusqu'à chez nous. Mon père aussi. Les deux amis s'enfouirent sans tarder dans leur complicité, leurs secrets que je ne soupçonnais pas, Tamerlan, les « inos » 3, le gaffe (qu'est-ce que ça voulait dire un gaffe ?) qui s'appelait Martineau... Il devait exister de formidables secrets entre eux. Sinon, ils ne se connaîtraient pas, ils ne s'apprécieraient pas, ils ne se souviendraient pas l'un de l'autre.

Ma mère pour le coup fut obligée de faire la conversation avec la star hollywoodienne. Elle approcha un fauteuil en rotin. Son sourire de commande une fois effacé, sa belle assurance ou sa fausse assurance se lézarda. L'Hollywoodienne ne parlait pas français. Et ma mère ne baragouinait que quelques mots d'anglais. Aucune conversation n'était possible. Tout cela pouvait être cocasse. Ma mère préféra la fuite. Elle lança à la cantonade qu'elle allait chercher à boire, une manière d'appeler mon père à la rescousse, mais mon père continuait de s'entretenir avec son ami, il ne voyait plus personne, il riait, il soupirait, il témoignait d'une forme de naturel que je ne lui avais jamais connue. Non pas le naturel d'un père, mais celui d'un homme tout court, d'un jeune homme, d'un individu capable d'aventures, de coups de folie, le naturel d'un solitaire enfin, malmené par les exaltations et les souffrances et certainement pas alourdi par une femme, un fils et la répétition des travaux et des jours.

– Reconnais, Georges, qu'on s'en est pas trop mal tirés.

- Tu trouves, toi ?

– Quand j'ai fait retraite après Tcherkassy, tous ces combats d'arrière-garde contre les « Ivans », je pensais à la distance qui me séparait de chez moi, une distance décourageante, impossible à franchir, et tu sais quoi ?

– Non.

– Ce matin à Valescure, en respirant l'odeur d'huile solaire sur le corps des femmes qui se bronzaient, j'ai retrouvé cette odeur de la graisse sur nos fusils-mitrailleurs brûlants, et j'ai pensé que ça y était, que cette distance était enfin franchie, que j'étais rentré chez moi.

Mon père joua les incrédules.

– A Valescure ?

– Non, en France, que j'étais enfin accueilli en France, cette odeur effacée par une autre, et qui lui ressemblait.

Bernard du Perray se mit à sourire. Assez content de lui. De son rapprochement entre l'odeur de la graisse sur les fusils-mitrailleurs et l'huile solaire sur les femmes qui se bronzaient.

Il ajouta :

– Simplement, je préfère le sable qui crisse sous les pieds à la neige qui crissait sous nos brodequins, et je ne te parle pas des forêts de Poméranie en mars 45, on était comme des sauvages, on survivait par bandes de dix, on voyait défiler sur les routes forestières les T 34 ou les Joseph Staline et on n'avait même plus de Panzerfaust... mais tu connais tout ça, je ne vais pas rabâcher mes exploits, si je peux parler d'exploits !

Je serais resté des heures à les entendre, à tenter de

comprendre ce qu'ils disaient, mais mon père me lança un coup d'œil qui était un ordre. Virginia soupirait, s'ennuyait. Il me fallait donc moi aussi jouer les maîtres de maison.

Je demandai à Virginia :

– Vous parlez français ?

Elle hocha la tête avec un drôle de sourire.

– No ! I'm sorry.

Son sourire n'était pas désagréable du tout. Comme ses dents si blanches, si publicitaires. Bon, j'étais le seul garçon ici. Elle n'avait pas le choix. Moi ou un autre. Mais il n'y en avait pas d'autres. Elle devait avoir une bonne nature, cette Virginia au pantalon corsaire rouge cerise. Elle cessa de bouder. Elle se leva, me prit le bras. Ses cheveux châtains étaient brûlés, décolorés par la mer et le sel. Elle n'était pas si grande que ça. Elle portait des sandales avec une incroyable épaisseur de liège en guise de semelles. Elle devait avoir de gros seins. C'est intimidant les gros seins. Ça fait rêver. Comme chez les *playmates* qui se dépliaient dans les pages de *Playboy*.

– Tu veux voir la maison ?

Elle me regarda sans comprendre.

– You want to visit the house ?

Elle me regarda encore et comprit. Elle s'en persuada du moins.

– Oh no, no !

Elle s'imaginait peut-être que je voulais l'entraîner illico dans ma chambre, un flirt très poussé et la suite. Elle s'imaginait peut-être que les garçons français étaient des séducteurs et des noceurs infatigables. No, no ! Au fond, c'était plutôt flatteur.

– OK, je lui dis.

Le tour du jardin, cela lui suffisait. Elle retrouva son air blasé et fatigué. Je l'entraînai à l'arrière de la villa. On déboucha près du lavoir. La table de ping-pong était installée à cet endroit, à l'abri du vent. Elle tourna autour, s'empara d'une raquette, la soupesa, la retourna en affichant l'air suspicieux du professionnel face à un matériel d'amateur.

– You want to play ? me dit-elle.

A vrai dire, par cette chaleur qui écrase, qui freine la balle et tétanise les muscles, je n'en étais pas convaincu. Mais si ça lui faisait plaisir.

– Why not ?

Au fond, je me mettais à bien l'aimer cette Virginia étrangère et par conséquent romanesque, avec ses joues rondes et ses yeux bleu mistral. Elle était là, plantée d'un côté de la table. Elle avait déjà sorti les balles de leur étui en celluloïd, elle était prête à servir. J'avais parlé anglais avec elle. Quelques mots. Je me mettais à bien l'aimer parce qu'elle ne me faisait plus peur. Elle ne parvenait pas à être franchement une adulte. Ou une Américaine. Elle me paraissait presque encombrée de ses gros seins et de sa féminité. Allez, on joue ! Et je voulais bien jouer. Ça n'engageait à rien. Un bref instant, je repensai aux adultes restés de l'autre côté, au pied des marches de la véranda. Il me sembla entendre le rire de ma mère, son rire perlé, forcé. Mais je n'entendis pas mon père. Ni l'homme à la Triumph. Je déplorai de ne plus les entendre. Malgré Virginia et ses gros seins.

– Come on ! me dit-elle.

– OK !

J'étais aux ordres de Virginia.

Elle posa la balle sur la paume de sa main gauche, elle servit comme un prestidigitateur, un coup en douce qui vint mourir de l'autre côté du filet, je n'avais même pas pu toucher la balle. Une fois, deux fois. Elle éclata de rire. Puis je parvins à l'effleurer du bout de la raquette et à la renvoyer de l'autre côté du filet, à la cuillère. Aussitôt, elle m'assassina par un smash. J'avais oublié que Virginia était une Américaine. Autrement dit une championne. Moi je jouais au ping-pong. Je poussais la balle. Elle, elle jouait au tennis de table. Elle pratiquait un sport.

Elle retira ses sandales à semelles de liège. Pieds nus sur le sol un peu caillouteux. Services éclairs, balles coupées, frappées. Je transpirais. Elle marquait des points. Je faisais grise mine. Il lui arrivait de rater un coup. J'essayais d'appuyer mes frappes, moi aussi. La balle s'envolait chaque fois. Elle riait de plus belle.

– You're cute, me dit-elle.

Je ne savais pas ce que ça voulait dire, cute. Mais elle le dit avec gentillesse. Comme si elle s'adressait à son nounours. Je voulais bien être le nounours de Virginia. J'étais sûr qu'il ne jouait pas plus mal au ping-pong. Ah ! Virginia. Elle ne transpirait même pas. Elle m'aplatit 21-6.

– La revanche ?

Je la lui proposai par pure courtoisie. Mais elle avait déjà abandonné sa raquette et s'était assise sur le muret qui clôt le jardin proprement dit. Derrière, il y avait la colline où poussaient des buissons de cistes et des pins parasols. Je lui montrai une pomme de pin. Et les pignons. Et comment je les cassais sur le muret à l'aide d'une pierre. Elle ne connaissait pas les pommes de pin, les pignons et le goût des pignons. La voilà ma revanche ! Elle goûta les pignons. Elle apprit à les casser. Elle s'amusait. Une petite fille très gourmande dont le pantalon corsaire la serrait à craquer. Et son ventre bronzé, et le duvet blond de son ventre qui frissonnait comme un minuscule champ de blé. La respiration de Virginia restait courte. Elle avait dû faire un effort tout de même pour gagner 21-6. Sa chemise vichy s'était dénouée. Elle portait un soutien gorge dans le même tissu vichy bleu et blanc. Elle aimait les pignons.

– You're cute, me répéta-t-elle.

Et sans transition, elle me posa un baiser sur les lèvres, furtif, pas du tout à la mode hollywoodienne. Mais elle n'était plus une petite fille. Insaisissable Virginia ! Corsaire à l'assaut d'un garçon qui se mit à penser que parfois la vie vaut la peine d'être vécue. J'étais timide, c'est vrai, mais jusqu'à un certain point. Et j'étais tout disposé à rendre à Virginia le baiser qu'elle m'avait donné...

– Ginny ! Ginny !

La voix arriva du bout du jardin, nasale, hollywoodienne et catégorique. Virginia soupira. Elle dut trouver que parfois la vie ne vaut pas la peine d'être vécue. Elle se leva sans hâte.

La voix reprit de plus belle :

– Ginny !

Puis celle de mon père en écho :

– Pierre !

Virginia cassa encore un pignon, seule, comme une grande, pour manifester son indépendance. Elle était libre de casser un pignon ou d'embrasser un garçon, c'est la même chose. Elle était libre de prendre son temps. Elle n'aimait pas être bousculée. Elle n'aimait pas non plus qu'on l'appelât Ginny. Un diminutif pour les enfants. Ginny ! On ne répond pas au nom de Ginny quand on renoue les pans de sa chemise sur le ventre, qu'on porte du vichy comme Brigitte Bardot (connaissait-elle Brigitte Bardot ?) et qu'on a déjà cette formidable, cette énigmatique, passive et irréductible force des jeunes filles, cette sensualité tempérée par la prudence, le sentiment de l'avenir, un mariage, des enfants, l'Amérique puritaine qui l'écrasait du haut de ses deux ou trois siècles, de ses milliers d'églises presbytériennes et de ses fortunes érigées sur autant de bonne conscience que de férocité et de travail. Mais embrasser un garçon sur la bouche, se risquer à quelques caresses, c'était encore le privilège des jeunes filles comme Virginia, leur conquête de l'époque. Et elle n'allait pas y renoncer, Ginny ou pas Ginny.

Quand elle eut fini son pignon, elle renfila ses sandales. Et elle se mit en mouvement. De son pas un peu lourd. Elle avait retrouvé une forme d'indifférence. Ce qui me paraissait assez vexant. Un pignon que l'on déguste. Un garçon que l'on embrasse. Une mère qui vous appelle. Cela revenait au même. La fatalité. Cela avait si peu d'importance. Caprices successifs. Elle se mettait en mouvement. Vers l'endroit qu'on lui ordonnait de rejoindre. Virginia redevenait une déesse ou un automate. Elle ne mâchait pas de chewing-gum. Elle aurait dû. Il lui manquait le chewing-gum pour sa panoplie, son inertie qui était le propre de sa féminité.

L'air était plus solide et asphyxiant que jamais. Gorgé de résine, d'humidité, à peine mis en vibration par le ponant et par les cigales. Ah ! cette torpeur des jours d'été qui n'en finissent pas. Même le temps, même les horloges n'avaient pas l'énergie de se frayer un passage dans une telle moiteur. Comment pouvais-je espérer devenir adulte moi aussi ? Rien ne circulait. Je n'en revenais pas d'avoir joué au ping-pong et de m'être laissé embrasser par une fille américaine. J'avais dû imaginer tout cela. Ce qui était arrivé depuis moins d'une heure, après les premiers vrombissements de la Triumph au bas du domaine. Cette aventure incroyable. Cette rupture que je n'aurais jamais pu envisager une seconde dans l'immobilité de l'été...

J'aperçus un scarabée retourné sur le dos au pied des quatre marches qui mènent à la terrasse où étaient installés les adultes. Et ce scarabée était agité de soubresauts. Carapace presque vide que dévoraient des milliers de fourmis argentines, en longues files qui processionnaient sur la pierraille. Minuscules fourmis qui se déplaçaient à toute vitesse et qui soulignaient à leur manière la stupeur de cet après-midi. Seules les fourmis avaient le droit de s'agiter. Elles prenaient en charge l'animation du monde.

Virginia regarda tout ça d'un air dégoûté.

– Ce sont des fourmis argentines, je lui dis. Argentine ants.

Et je prononçai bien avec l'accent supposé, argentahine.

– Why argentahine ?

Sans doute parce qu'elles étaient venues d'Argentine par hasard, le caprice d'une cargaison, d'un bateau, et qu'elles avaient prospéré dans le département du Var.

– They come from Argentine ? insista-t-elle.

– Yes, I believe.

De la pointe de sa semelle de liège, elle écarta le cadavre du scarabée, le retourna. La panique régna chez les fourmis. Et puis leurs processions se reformèrent.

Et Virginia regagna devant moi le coin des grandes personnes. Mon père me regarda d'un drôle d'air. Affectueux mais interrogatif. Qu'est-ce que j'avais à fricoter avec cette gamine ? Mais ça l'amusait au fond. Et puis j'avais l'impression que ma simple présence l'étonnait. Ce grand garçon, là, devant lui, c'était donc son fils ? Grand garçon est une façon de parler. J'aurais voulu être plus grand. Comme Gary Cooper, Biggles ou OSS 117. Ma présence lui rappelait qu'il était mon père. Peut-être qu'il l'avait oublié alors qu'il s'entretenait avec Bernard du Perray, qu'il remuait de vieux souvenirs, la vase du passé, ses dépôts qui n'appartenaient qu'à lui.

Je me mis à jalouser mon père. Je lui enviais ses aventures et son intimité avec Bernard du Perray. Ils avaient été adultes ensemble et moi je ne le serais jamais. Auprès de nous, mon père ne parlait pas du passé. La guerre, sa démobilisation, l'Occupation, son arrestation, la suite. Quand j'étais en pension, disait-il avec un drôle de sourire. Et tout s'arrêtait là. Sur l'expression : quand j'étais en pension. Mon père qui avait été arrêté, j'étais persuadé qu'il s'agissait d'une injustice, il ne pouvait s'agir que d'une injustice. On me le disait. On le répétait devant moi. Ma mère. Les amis de mes parents. Tout le monde. Je ne mettais pas une seconde en doute l'évidence de cette injustice qui était assez romanesque au fond. J'étais presque fier de cette singularité. Ou de cette injustice. Mon père n'était pas comme tout le monde. Je le plaignais pour cette injustice bien sûr. Mais elle lui faisait gloire. Ma compassion était abstraite. Cette injustice, je ne parvenais pas à me la représenter. Il n'en parlait pas. Une boutade. Quand j'étais en pension... Il est difficile de plaindre quelqu'un qui a été en pension. Même si pour rien au monde je n'aurais voulu aller moi aussi en pension. Et Bernard du Perray avait donc été en pension avec lui. Il avait connu Tamerlan, Tam-Tam et la salle des « inos ». C'était la première fois que j'entendais parler de la salle des « inos » et de Tam-Tam.

– Hello, Peter, tu bois quelque chose ?

C'est Bernard du Perray qui m'offrait à boire. Comme s'il était déjà le maître de maison. Le maître partout.

– Et qu'est-ce que tu offres à Virginia, notre charmante Virginia ? ajouta-t-il.

Il la regarda, il me regarda, comme s'il avait tout deviné. Il jeta sur nous un regard de maquignon, un peu cynique ou supérieurement amoral. Il s'en fichait au fond de cette Virginia dont il s'encombrait parce qu'elle était la fille de sa maîtresse hollywoodienne. Et si elle pouvait distraire le fils d'un de ses camarades de pension, eh bien tant mieux !

C'est entendu, j'allais servir à boire à Virginia. Mais, auparavant, je surveillai ma mère. Elle avait fait le tour des mots anglais qui lui restaient en mémoire. Maintenant elle se taisait. Épuisée. Et Lynn Davenport ne faisait aucun effort non plus. Elle ne cherchait pas à parler français. L'Amérique est le centre du monde. Hollywood est le centre spirituel de l'Amérique. Les sauvages n'avaient qu'à parler américain. Le monde était peuplé de sauvages. Le monde était une colonie de l'Amérique. Voilà ce qu'elle pensait ou aurait pensé s'il lui était arrivé de penser. Mais penser est une entreprise qui fatigue. Surtout par cette chaleur. Il est plus reposant de rétribuer des gens, des domestiques, des scénaristes, des agents de presse ou des esclaves pour penser à votre place. Bernard du Perray était son amant. Il devait être aussi son esclave ou son agent. Elle le rétribuait pour qu'il lui apportât du plaisir ou des contrats. Ce qui est une autre forme de plaisir... Je ne compris pas cela sur le coup, dans le jardin. J'ignorais encore que Bernard du Perray était son agent ou son imprésario et qu'elle-même était chanteuse. Mais je dus le pressentir. Cette confusion de l'adolescence qui éprouve mais qui ne sait pas.

– Give me a coke !

Que voulait Virginia ? A coke ? Qu'est-ce que ça voulait dire a coke ?

– Donne-lui du Coca, me lança Bernard, secourable. La demoiselle ne boit que du Coca.

Je sentis du dédain dans une telle remarque. Comme si les sauvages avaient changé de camp. Et cela me remplit d'aise. Bernard du Perray appartenait, lui, à la race des civilisés. Il ne buvait pas de Coca. Ou de coke, le diminutif de Coca. Je venais d'apprendre quelque chose que je n'oublierais pas. Mais je n'eus pas besoin de servir Virginia. La demoiselle était impatiente. Elle s'empara de la bouteille, une bouteille familiale d'un litre, et se servit un plein verre. Le Coca était tiède. Il moussait. Les glaçons avaient fondu. Elle fit la grimace mais tant pis !

Bernard du Perray alluma une cigarette et tendit son paquet de Gauloises à mon père.

– Non merci, je ne fume toujours pas, ou alors des anglaises de temps en temps.

– Un jour sur le Don avec ma compagnie, on avait croisé un bataillon italien, des Alpini. Leur sergent-chef m'avait donné un paquet de leurs cigarettes, des Macedonia, je me souviens de la marque. Du tabac blond. J'avais fait la grimace. Et ce sergent-chef m'avait dit, comme pour s'excuser : c'est de la paille pour demoiselle. Ce n'était déjà pas si mal, là-bas, d'avoir de la paille pour demoiselle. Mais bon, parlons d'autre chose !

Je ne pus m'empêcher de m'écrier :

– Oh ! non.

Bernard se tourna vers moi avec surprise, et j'ajoutai aussitôt :

– C'était quoi les Panzerfaust dont vous avez parlé tout à l'heure ?

– Des armes de poing contre les chars.

– Et la salle des « inos » ?

Mon père s'interposa :

– Rien ! De vieilles histoires entre nous. Ça ne te concerne pas !

Bernard du Perray se montra plus indulgent :

– Les « inos », c'était les salles des inoccupés, des prisonniers qui n'étaient pas astreints à travailler pour soixante-quinze centimes de l'heure !

– Laisse-nous, Pierre ! insista mon père.

Il était presque suppliant. Son ami vint à son secours.

– Des histoire de vieux messieurs, ton père a raison, ça ne t'intéresse pas.

Un vieux monsieur, lui ? Un homme qui conduisait une TR 4, qui avait manié des Panzerfaust dans les forêts de Poméranie, qui avait lutté contre les « Ivans » (c'était quoi les « Ivans » ? Des Russes sans doute) et qui était accompagné d'une star hollywoodienne et de sa fille ?

Ma mère, pendant ce temps, cherchait toujours un terrain d'entente avec la star. En désespoir de cause, elle énuméra des noms de fleurs et d'arbustes. Mimosas, bougainvillées, plumbagos. Et les eucalyptus là-bas. Ce qui était parvenu à prendre racine dans la caillasse de la colline, autour de la villa. Lynn Davenport sembla y prendre cette fois un peu d'intérêt. Elle répéta :

– Eucalyptus.

Elle connaissait le nom. Elle le répéta avec le véritable accent, l'accent américain. Et ma mère l'entraîna pour faire le tour du jardin. Le tour du propriétaire. Ma mère aimait bien se sentir propriétaire. Ça contribuait à son autorité.

Mon père et Bernard du Perray n'en furent pas fâchés. Ils voulaient rester entre eux. A évoquer leurs années de pension.

– Tu devrais faire à Virginia les honneurs de notre villa, me dit mon père.

Je l'aurais maudit.

– En attendant, lui dis-je, je vais chercher des glaçons.

Je pris le seau à glace et c'est comme si j'avais pris Virginia. Elle suivit le seau à glace. On atteignit la véranda. On pénétra dans le séjour où la température était moins torride. La cuisine maintenant. Virginia me suivit dans la cuisine. Où trônait une cuisinière en fonte, alimentée au bois et aux pommes de pin. Virginia observa cette cuisinière comme une pièce de musée. Les rondelles de fonte qui s'emboîtent les unes dans les autres et que l'on retire avec un crochet.

Je nomme, j'évoque aujourd'hui cette cuisinière en fonte avec attendrissement. Virginia la découvrit ce jour-là avec un dédain parfaitement incrédule. Tout comme le réfrigérateur. Une pièce d'antiquité lui aussi. Nous avions longtemps eu une glacière. Avec les pains de glace qu'on livrait deux ou trois fois par semaine, bien emmaillotés dans du gros linge. Puis mes parents s'étaient modernisés. A quelle heure de quel jour se modernise-t-on ? On ne cesse de se moderniser bien sûr. Ou de vieillir, c'est la même chose. Mais il existe des sauts brusques tout de même, des changements de trajectoire, de civilisation et de vie. Je pense à mon premier Vélosolex, l'année précédente. Ou à la façon dont les parents étaient passés de la 2 CV à l'Ami 6. Ou encore au passage de relais entre la glacière et le réfrigérateur. Où l'avaient-ils dégotté, celui-ci ? Il devait s'agir d'une fin de série. Ou d'un modèle d'exposition. Je revois ses formes arrondies, sa couleur ivoire, sa poignée qui s'était très vite arrachée et les spasmes qui le secouaient quand il s'arrêtait ou se remettait en marche. Et puis il ronflait, il ronchonnait, il n'aimait pas qu'on le dérangeât. Un réfrigérateur qui prenait son temps. Sa marque me revient soudain en mémoire. Kelvinator. Je me souviens des Kelvinator. Je l'ouvris. La porte du freezer. Mais, dans le bac à glace, les glaçons ne s'étaient pas encore reformés. Virginia derrière moi vérifia. Rien à faire, le Kelvinator faisait la mauvaise tête. Juste quelques cristaux qui commençaient à étoiler la surface des alvéoles.

– Don't care ! dit Virginia.

Elle s'en fichait déjà, des glaçons. Elle se fichait de tout. Elle affichait cette indifférence des jeunes filles maussades et digestives. Elle retourna dans le séjour. C'est moi désormais qui la suivais. Sur le buffet, il y avait le Teppaz, le modèle qu'on retrouvait à peu près dans toutes les villas du coin, le tourne-disque d'une génération. Ce Teppaz aussi devait lui sembler minable. Les Américains avaient mille fois mieux, des tourne-disques chromés comme des Buick ou des Chevrolet, avec des haut-parleurs hauts comme des maisons. Virginia regarda mes 45 tours. Bécaud, Aznavour, Brassens. Ça ne lui disait rien. Curiosités locales sans doute. Elle les écarta. J'avais aussi la musique originale du film *Alamo*.

– Have you seen *Alamo* ?

Avec cette question, je repris l'avantage. La revanche du Kelvinator. Elle hocha la tête, elle était désolée, elle n'avait pas vu *Alamo*.

J'insistai :

– It's a very good film. With John Wayne. He is fantastic, John Wayne. A great actor. And a great director too. You know the real story of Alamo ?

Voilà que je poussais encore mon avantage, que je lui demandais si elle connaissait la véritable histoire du Fort Alamo. Pour moi, aucun doute qu'elle en avait entendu parler. Virginia était américaine. Mais au moment où j'écris ces lignes, près de quarante ans plus tard, il ne fait aucun doute que Virginia ne devait pas connaître l'histoire de Fort Alamo. Sinon, elle aurait réagi. Elle m'aurait écrabouillé de son savoir comme elle l'avait fait au ping-pong. Sans scrupule. Sportive. Jim Bowie, le colonel Travis et Davy Crockett... Elle se contenta de m'examiner d'un air maussade, circonspect, la pochette du disque encore dans sa main. Puis elle sourit. Elle était adorable quand elle souriait, Virginia, quand elle devenait plus légère par la grâce de son sourire, jeune fille ou petit corsaire, Peter Pan, demoiselle qui avait la fraîcheur de son ignorance, la désinvolture de tout ce qu'elle devinait de la vie et qui la préservait encore de l'ennui, de la routine et des désillusions.

– Your accent, you're cute, me dit-elle.

Voilà qu'elle se fichait de mon accent. Tout le monde me disait que j'avais un accent épouvantable, aucune oreille, aucune souplesse vocale. Je faisais le désespoir de mes professeurs. Il y a quelques années, je m'étais fait jeter dehors, le premier jour de la constitution d'une chorale à l'école Massillon. Je ne me contentais pas de chanter faux. Il y avait pire : je ne m'en rendais pas compte. Rien ne s'est arrangé par la suite.

– Just like Maurice Chevalier, précisa-t-elle.

Que savait-elle de Maurice Chevalier ? Il n'était pas de notre génération. Elle avait peut-être entendu parler de lui par sa mère. Ou vu l'un ses films à la télévision. Car elle avait sûrement la télévision, Virginia. Un poste dans chaque pièce. Voilà encore comment je me représentais l'Amérique de Virginia, moi qui n'avais toujours pas de télévision. A quelle heure de quel jour me suis-je modernisé en compagnie de mes parents ? Voici une autre réponse possible : à l'instant précis où ils installèrent chez nous, quai de Béthune, un poste de télévision... Mais la façon qu'elle avait de prononcer Maurice Chevalier, Virginia, était au moins aussi drôle que ma façon de prononcer l'anglais en parlant de John Wayne.

Elle s'approcha de moi, elle posa la pochette du disque à côté du Teppaz et m'embrassa sans trop de prudence parce qu'elle me trouvait mignon avec mon accent américain à coucher dehors. A quoi bon s'épuiser à la recherche d'un bon accent, n'est-ce pas ? French accent, french kiss. J'étais candidat aux deux. Et prêt à m'enhardir. La conquête de la forteresse Virginia. Mais elle résista comme un Texan. Et je n'étais pas aussi persévérant que les Mexicains du général Santa Anna devant Fort Alamo. Je fis retraite. Elle reprit sa respiration. Elle ne voulut pas que je lui caresse les seins, que je passe ma main sous son chemisier. Il ne s'agissait pas de ses derniers retranchements, mais elle tint bon tout de même sur cette ligne de défense. Et puis elle me tourna le dos à la recherche d'autres 45 tours.

When par les Kalin Twins, Frankie Laine, *Sixteen*

Tons ? Elle les dédaigna mais s'attarda sur les Paul Anka. La pochette était rouge comme le pantalon corsaire de Virginia, et Paul Anka photographié en noir et blanc. Une allure d'adolescent un peu gras, à la niaiserie infinie. Le seul infini qui est en général à la portée des adolescents. J'adorais *Diana* chanté par Paul Anka. Je ne renie rien de cette passion. *I'm so young and you're so old, please my Diana...* Et puis il y avait le deuxième disque de Paul Anka, une pochette identique, mais sur fond bleu. *You are my destiny*, le slow qui faisait fureur. Sa mélancolie savonneuse. J'aimais surtout *Red sails in the sunset*. Je me mis à fredonner l'air. Virginia enchaîna, elle connaissait la chanson elle aussi, elle fredonna comme un corsaire :

– *Oh carry my loved one home safely to me.*

Je lui dénichai une autre version de *Red sails* chantée cette fois par Tab Hunter, beaucoup plus crooner ou séducteur qui étire ses états d'âme.

– Put it on ! exigea-t-elle.

Je me soumis à ses exigences. Et je mis *Red sails in the sunset* par Tab Hunter, les accords qui sanglotent, et la voix du chanteur, si grave, si jeune, si persuasive, si amoureuse. Virginia se vautra sur un des fauteuils devant la cheminée. Elle ne quitta plus la pochette, la photo de Tab Hunter, les cheveux coupés en brosse, elle fredonna avec lui :

– *Red sails in the sunset were around the sea...*

Une histoire d'amour entre eux. Je ne devais pas les déranger, je devais subir la chanson jusqu'au bout.

Virginia soupira. Elle était corsaire, elle était

esclave, elle se blottissait dans les bras de Tab Hunter sur le pont de son voilier au crépuscule. Je me mis à haïr cet imbécile énamouré. Il avait trente ans. Un vieux. Et il avait fait du cinéma. Un acteur minable. Une carrière minable. A part *Battle Cry* de Raoul Walsh en 1955, mais ça, je l'apprendrai plus tard. Tout comme son vrai nom : Arthur Gelien. Ah ! si j'avais su devant Virginia que Tab Hunter s'appelait Arthur Gelien. On ne peut pas jouer les séducteurs quand on s'appelle Arthur. J'aurais ridiculisé Tab Hunter. J'aurais écrasé Virginia sous mon érudition. Mais je divague. Même sous le nom d'Arthur, elle aurait encore idolâtré Tab Hunter.

La chanson s'acheva enfin et le rire perlé de ma mère refit surface, du côté du figuier près du ping-pong, un figuier rachitique qui donnait trois ou quatre figues par an. De l'autre côté du jardin, au pied des marches de la véranda, mon père continuait de s'entretenir avec Bernard du Perray. Mon père auréolé de son intimité avec lui.

Qu'est- ce qu'ils se racontaient maintenant ?

Tout cela troublait mon aventure avec Virginia. Une aventure ? C'était surtout mes parents qui devenaient aventureux : mon père par son passé commun avec Bernard du Perray, ma mère en compagnie de l'actrice hollywoodienne. Cela me mit mal à l'aise. Il me déplaisait de voir mes parents *s'aventurer* à ce point. Je m'étais fait une idée d'eux. Et que cette idée soit fausse, partiale, injuste, désobligeante ou flatteuse, peu importe ! Je tenais à cette idée. Je tenais à ce point fixe. J'étais un adolescent à la recherche de points fixes. Semblable peut-être à tous les adolescents. Sans point d'appui, comment prendre le large ? Et là, soudain, mon père m'échappait. Il m'embarrassait. Il m'intimidait. Je n'étais même plus certain qu'il était mon père. Il était devenu un étranger lié par une secrète complicité à Bernard du Perray. Et du coup je n'étais plus certain d'être son fils. Je n'étais plus personne. Je flottais cet après-midi-là dans une forme d'étrangeté incroyable, sous le rire lointain de ma mère, les stridulations des cigales, cerné par les chuchotements de Bernard du Perray et de mon père, *Red sails in the sunset* chanté par Tab Hunter et les lèvres de Virginia.

Le disque s'arrêta dans un dernier sursaut du Teppaz. Les nuages qui flottaient autour de Virginia et de Tab Hunter se dissipèrent. Je me rematérialisais devant elle. Elle me regarda avec un drôle d'air. Mais moi, je ne savais pas qui j'étais. Elle m'intimidait, Virginia. Je l'aurais bien embrassée encore. Une nouvelle attaque de Fort Alamo. Je me sentais timide et intrépide à la fois puisque j'étais détaché de moi. Et avec les années et les décennies, alors que je suis devenu plus timide encore et bien moins intrépide, j'envie ce garçon que j'étais à l'époque pour ses accès d'intrépidité. Que voulait-il dire, ce regard de Virginia ? Une invitation à flirter ? Ou Fort Alamo ?

Elle se leva du fauteuil au moment où je me rapprochai d'elle.

Décidément, je ne comprenais rien aux sautes d'humeur des jeunes filles. Et peut-être que les jeunes filles se réduisent, se résument précisément à leurs sautes d'humeur. Bien sûr, il y a leur sensualité qui est adorable. Le duvet de leur peau qui frémit quand souffle le ponant. Leur corps si ferme et qui est un abîme. Il y a tout ce qui fait chavirer de bonheur et d'espoir. Leurs baisers, cette miséricorde. Leur audace, et le cœur s'arrête. Les jeunes filles règnent sur le monde. Mais elles sont incompréhensibles. Et voilà pourquoi elles règnent sur le monde. Le privilège des puissants, c'est leurs caprices. Un pouvoir qui s'explique et se justifie est au fond bien modeste puisqu'il doit s'incliner devant la raison. Les jeunes filles sont pur caprice. Elles ne rendent de comptes qu'à elles-mêmes. Les jeunes filles sont inattendues. On ne les approche qu'à ses risques et périls. Tout peut survenir auprès d'elles : les rebuffades les plus atroces, la tendresse la plus insoupçonnée, l'indifférence qui glace le cœur. Il n'existe pas d'aventures plus aléatoires au monde que de vivre auprès d'une jeune fille

Virginia me tourna le dos, elle traversa la véranda, descendit les marches, regagna le jardin. Je ne l'amusais plus. Je n'avais pas vraiment remplacé Tab Hunter. Et comme champion de ping-pong, on faisait mieux.

Les deux amis continuaient de parler...

– Je n'oublierai jamais ce jour où, aux « inos », Waldorf est venu me voir et m'a dit : tu sais qu'il y a chez nous Murr du *Petit Parisien*, il prépare des conférences à la bibliothèque, il aimerait te connaître. Et un peu plus tard, je t'ai vu arriver dans notre salle, si distingué, avec tes sabots.

– Je me demande ce qu'il est devenu, Waldorf.

– Il a dû regagner son Alsace natale. Tu te souviens, Georges, on n'était au début que deux cents politiques sur les mille deux cents détenus de la centrale ? Et Suzanne qui venait te voir chaque mois...

Mon père ne répondit rien. Il m'avait vu me rapprocher d'eux et tenter de les écouter. Il me parut peu à son aise.

Et Bernard du Perray toujours :

– Lucien, plus tard, quand il nous a rejoints après sa condamnation à perpétuité, son boulot consistait à essayer les chaussures fabriquées dans l'atelier. Essayeur de chaussures ! Et après, il s'enfermait pour rédiger son interminable bouquin ! Tu te souviens ?

Il devait être cinq ou six heures. Mon père se leva alors que Lynn Davenport et ma mère revenaient de leur tour du jardin. Les couleurs du ciel, des mimosas et de la terre se faisaient plus denses. La chaleur plus émaillée et craquelée par les stridulations des cigales. Mon père sourit encore à son ami. Sur le point de se détacher de lui, de redevenir lui-même ou de redevenir mon père. Avec sa courtoisie, son indulgence un peu lasse.

– Bernard, dit-il.

Ses yeux se voilèrent, se posèrent sur son ami et sur leurs années de pension. Bernard se rapprocha, s'apprêta à lui serrer la main, mais, non, une poignée de mains ne convenait pas. Ils s'étreignirent. Ils s'embrassèrent.

Ma mère observa la scène avec étonnement. Lynn Davenport avec placidité. Et Virginia avec indifférence. Pour ma part, je me sentis mal à l'aise. Je n'aimais pas voir mon père ému à ce point. Il me semblait que ses émotions trahissaient sa faiblesse. Et je n'aimais pas voir mon père affaibli. D'autant que j'ignorais ce qui justifiait une telle faiblesse, que je ne savais rien de ses années de pension dont on ne parlait pas.

Et puis les deux hommes se séparèrent. Ils n'ajoutèrent rien. Ils n'avaient plus rien à se dire. Peut-être qu'ils n'avaient rien eu à se dire du tout, qu'ils avaient parlé tout ce temps pour ne rien dire, ce qui est la plus sage façon de parler, d'éviter l'écueil des grandes idées ou des grandes confessions, des vérités maquillées en mensonges ou le contraire, l'illusion aussi que l'on parle pour convaincre ou pour être entendu alors que l'on ne parle jamais que pour soi, pour s'inquiéter, se rassurer, s'enchanter du son de sa propre voix. Mon père et Bernard du Perray avaient dû parler pour convoquer simplement un passé commun, le chat Tam-Tam, les « inos », Waldorf et la bibliothèque... Leurs paroles ne leur avaient servi à rien d'autre, des paroles semblables à des grosses pierres pour maintenir devant eux la toile de fond de leurs expériences, de leurs aventures, de leur complicité, malgré le vent des années, les bourrasques de l'oubli qui auraient pu la déchirer, l'emporter. Des paroles, des pierres pour caler cette toile de fond, afin de l'examiner à loisir comme deux amis silencieux parce qu'ils savent tout ce qu'ils ont partagé sans avoir besoin désormais de s'en convaincre. Juste des phrases du type : tu te souviens de... Et ils se souvenaient. Et moi, j'aurais voulu savoir de quoi ils se souvenaient.

– J'ai une idée, si tu nous laissais l'ami Peter pour la fin de la journée, lui demanda Bernard avant de le quitter.

– Oh ! toute la soirée aussi et toute la nuit, si tu veux t'encombrer de ce garnement, et s'il le veut lui aussi, répondit mon père.

Faute de pouvoir prolonger son dialogue avec lui, il semblait heureux de lui confier son fils par procuration.

– Georges ! le réprimanda ma mère.

Bien sûr que je le voulais. Une escapade en Triumph avec Bernard du Perray, Lynn Davenport et Virginia que j'avais embrassée, dont je ne demandais qu'à être amoureux ! L'aventure, l'aventure !

– Ton fils nous fera les honneurs de Saint-Tropez, il sera notre guide, il dînera avec nous. Virginia aura un chevalier servant. OK, Virginia ?

Virginia ne comprit pas un mot des propos de Bernard du Perray, sinon celui de Saint-Tropez sans doute.

– OK ! approuva-t-elle tout de même avec une drôle de grimace dont je me demandai si elle signifiait le dégoût, l'enthousiasme maquillé en nonchalance ou la véritable indifférence de jeune fille ou de monarque qui accepte parfois de laisser filer le temps et la fatalité sans chercher à peser sur leurs cours.

Ma mère n'avait pas l'air enchanté de ce projet. Elle se méfiait de ce Bernard du Perray si peu bourgeois, avec sa voiture de sport et son Américaine décolorée qu'elle avait subie plus d'une heure. Mais elle était moins autoritaire qu'elle ne le croyait. Elle manquait d'assurance pour cela. Peut-être était-elle trop vieille aussi pour tenir tête à son fils. J'avais dix-sept ans. Elle, cinquante-cinq. Comme elle me paraissait vieille à cinquante-cinq ans ! Il y avait trop d'années entre nous. Elle n'avait plus la force de lutter pour combler ces années. Elle protesta pour le principe parce qu'elle était une femme de principe, et puis elle laissa faire.

– Habille-toi au moins et prends un chandail, il peut faire froid ce soir, dit-elle.

Dix-sept ans. Est-ce que j'avais dix-sept ans ? Je suis né le 19 août. Ai-je fait la connaissance de Bernard du Perray et des deux femmes qui l'accompagnaient avant ou après cette date ? Juste au moment où débutait la construction du mur de Berlin le 13 ? Ou plus tard, quand Paris était secoué dans une seule nuit par plus d'une dizaine d'attentats au plastic ? Mon père avait dû évoquer de tels sujets avec Bernard du Perray. Toute occasion lui était bonne pour parler de De Gaulle qui s'apprêtait à céder l'Algérie, pour tempêter contre lui. Moi, je préférais mes livres, mes rêveries de garçon de seize ou dix-sept ans qui attend de vieillir, de perdre sa virginité, son innocence ou ses préjugés, ce qui est la même chose. Surtout, je me rendais compte qu'il n'était pas possible de prendre mon père au sérieux quand il hurlait contre de Gaulle, les fellaghas, les cocos qui érigent le mur de Berlin, Gambetta ou la terre entière. Comment porter encore un jugement sur les positions politiques de mon père, sur les raisons qui avaient justifié ses années de pension après la Libération ? On ne juge pas quelqu'un dont le comportement n'est pas sérieux. Mon père m'amusait. Aurais-je déjà dû savoir qu'on ne peut pas s'amuser de tout, que l'Histoire est parfois tragique, qu'on ne peut échapper à ce tragique ? Non, je ne le savais pas. Je mesurais la part d'enfantillage de mon père, de vulnérabilité et même de pathétique qui entrait dans ses débordements. Il fallait le comprendre ou l'excuser en raison de ses années de prison, disaient ses proches avec le sourire. Je ne demandais qu'à le comprendre et à l'excuser. J'avais le sentiment de devenir adulte quand il s'emportait de la sorte. Responsable de lui à la façon d'un garde-malade. Allons, papa, ce n'est rien, calme-toi s'il te plaît, ça va passer ! Je me contentais de sourire et d'attendre. Alors mon père se mettait à sourire lui aussi. Et il s'arrêtait. La crise était passée. Il me faisait comprendre qu'il n'était pas dupe de ses débordements... Mais ce jour-là, avec Bernard du Perray, je ne crois pas qu'il se soit vraiment laissé aller. L'émotion de leur rencontre avait dû l'emporter sur la colère. S'ils avaient parlé de l'Algérie, de l'OAS et du FLN, ils l'avaient fait sans grandiloquence. Bernard du Perray était plus jeune que mon père. Plus fou, plus échevelé, plus romanesque, mais plus raisonnable certainement dans ses propos, en dépit de sa Triumph et de sa maîtresse américaine. Et rien ne me dit tout d'abord qu'il était favorable à l'Algérie française.

J'enjambai la Triumph, je me casai à l'arrière sur la banquette auprès de Virginia, les genoux dans l'estomac. Elle-même était recroquevillée. Son pantalon corsaire sur le point de craquer. Je n'y voyais aucun inconvénient. La Triumph sentait le cuir chaud, l'huile et la résine. Pourquoi la résine ? On reconnaît les voitures à leurs odeurs. J'ai mis du temps à m'en apercevoir. Henriette avec qui je me suis marié aimait les tractions Citroën de son enfance qui sentaient, disait-elle, le velours mouillé et la biscotte. Elle les aurait reconnues les yeux fermés. Je découvris le parfum de la Triumph. Une odeur de santal aussi, un peu âcre. Mais il s'agissait peut-être de l'eau de toilette de Lynn Davenport qui soupira et prit place près du conducteur, retira ses espadrilles et posa ses pieds aux ongles d'un rouge technicolor sur le tableau de bord. Cette désinvolture qui était le comble d'un chic parfaitement insoupçonnable.

Elle se mit à parler à toute vitesse à Bernard du Perray. Elle sifflait, elle chuchotait, elle n'articulait rien, je ne compris pas un traître mot. Bernard du Perray tourna la clé de contact et démarra.

– OK, darling ! lui dit-il, juste pour l'apaiser.

Il lui posa la main sur les cuisses. Comme sur le levier de vitesse au plancher. Un geste de propriétaire et de conducteur. Il enclencha la première et embraya. La route devant la villa n'était pas encore goudronnée. Il démarra en soulevant un nuage de poussière. Il n'y aurait jamais assez de poussière à mon goût.

Moi, j'étais sur un nuage.

Gin tonic à L'Esquinade

août 1961

J'aimais la routine de mes vacances dans le Midi, cette heureuse répétition des distractions et des jours. Le contraire des camps scout que j'avais en horreur. Bien entendu, il existait d'infimes et délectables variations. Les matins de vent d'est et de tempête, quand les vagues se levaient, roulaient, se fracassaient, ramenaient avec elles des algues et du cambouis. Se baigner devenait alors périlleux. J'appréciais ce péril. Et les jours d'excursion à Saint-Tropez. Les pique-niques en bateau jusqu'au cap Camarat, en flottille avec des pointus ou des dériveurs qui appartenaient aux parents de mes amis. Il y avait les amitiés, les flirts qui vont, qui viennent, les jeunes filles qui me troublaient mais qui trouvaient plus séduisants mes meilleurs amis... Ces variations, toutefois, relevaient de l'ordinaire. Rien à voir avec la Triumph et Virginia à mes côtés.

Bernard du Perray désirait que je leur fisse les honneurs de Saint-Tropez, de Sainte-Maxime, de la pointe des Sardinaux. Il me prenait pour un habitué. Il avait raison. J'étais un habitué des lieux. Il avait tort. Je ne reconnaissais plus ces lieux. Ils me devenaient étrangers puisque je les contemplais à bord d'une Triumph. En bref, il m'était impossible de relier cette journée aux autres. Comme j'aurais aimé être surpris par mes amis à bord de cette décapotable qui soulevait un nuage de poussière ! Ils se seraient demandé si c'était bien moi qui étais là en compagnie d'une actrice américaine, de sa fille et d'un playboy énigmatique ! J'avais cessé d'être de leur monde à eux. Le monde des vacances, le monde de tous les jours.

Hélas ! je n'aperçus personne en redescendant du domaine vers la nationale du bord de mer. Les villas gardaient leurs volets et leur portail fermés. Même La Bastide rose avec ses tennis, piscine et piste d'hélicoptère.

Bernard du Perray fit crisser ses pneus en prenant le virage de la nationale, devant la terrasse de La Reine-Jeanne. Je ne reconnus personne parmi les consommateurs. Ah ! les pneus qui crissent, le symbole même de l'aventure, de la vitesse et du danger ! Les pneus d'une 2 CV ne crissent pas, ils couinent. La Triumph avait un peu chassé de l'arrière. Je n'avais pas peur. Je ne croyais pas aux accidents. Ils n'existaient pas. Ils étaient réservés aux autres. Personne n'avait subi d'accident parmi mes proches. Bernard du Perray ne ferait jamais assez crisser ses pneus à mon goût.

– Careful, darling ! lui dit tout de même Lynn Davenport.

Il lui tapota encore les cuisses pour l'apaiser et il accéléra vers la pointe des Sardinaux, quatre-vingts, cent, cent vingt à l'heure. L'air était chaud contre le visage, de grosses gifles molles et humides. Je pouvais avoir toutes les audaces moi aussi. Je posai ma main sur le coton tendu à craquer du pantalon corsaire de Virginia, j'enveloppai son genou. Sans prétendre en être affectée ou étonnée, elle se contenta de soulever ma main et de la reposer sur mon propre genou. Je n'insistai pas. La voiture fila devant le WYC, le Whisky Yacht Club, une boîte de nuit qui venait de se construire entre la plage et la route. Je hurlai à Bernard du Perray :

– Au WYC, là, il y a un bowling.

J'avais déjà joué au bowling du WYC. Je n'y avais jamais dansé le soir. On dansait entre nous, les copains, chez les uns et les autres. J'emploie à dessein le mot copain. Il était à la mode. Salut les copains ! Mais entre nous, on ne l'employait jamais. Il faisait un peu niais. Comme les chansons de Sylvie Vartan, de Richard Anthony ou des Chaussettes noires. Françoise Hardy, passe encore. Son physique étudiant et son absence totale d'affectation quand elle fredonnait me paraissaient plus touchants. Elle affichait un air si blasé, si fatigué, elle n'essayait même pas de chanter juste, elle racontait ses chansons. Quels étaient les disques que l'on passait au WYC le soir et la nuit ? Je n'en avais pas la moindre idée. *Sag warum*, je pense, récité en allemand par Camillo, quand venait le moment des slows les plus langoureux. Les derniers Elvis Presley sans doute. Le WYC était réservé aux aînés, à ceux qui pouvaient dépenser des fortunes pour un whisky ou un gin fizz. Avec mon argent de poche, inutile d'y penser. Mais, à l'instant, j'avais hurlé le nom du

WYC comme un vieil habitué parce que j'étais à bord d'une Triumph et que tout était possible. Même danser sur *Sag warum* avec Virginia au WYC. Et il y avait la plage devant le WYC, l'eau si tiède quand vient la nuit... Mais le mot bowling n'éveilla pas d'émotions particulières chez elle. Elle se fichait des bowlings comme moi des flippers. Rien de plus banal, de plus vulgaire sans doute en Amérique.

Bernard du Perray, lui, n'avait pas entendu.

– Qu'est-ce que tu dis ? hurla-t-il alors qu'il rétrogradait, double débrayage à l'épate (et j'étais épaté), et qu'il négociait sur la droite le double virage de la pointe des Sardinaux.

De nouveau les pneus se mirent à crisser, cette pure musique du danger qui n'en est pas un. S'ouvrit devant nous le golfe de Saint-Tropez. Il y avait pas mal de voiliers posés sur l'eau, quelques hors-bord et des Chris-Craft précédés de leur moustache d'écume. Le WYC était déjà loin derrière nous, dépassé, de l'autre côté de la pointe des Sardinaux. La route sinuait en aplomb de la mer. Et toujours la musique des pneus. Le bonheur.

Je répondis enfin au conducteur :

– Non, rien, trop tard.

Je saisis la main, le poignet de Virginia. On verrait bien. L'air était si chaud, si tendre. Plutôt que de hurler, j'approchai mes lèvres de son oreille :

– Saint-Tropez.

Et de la main gauche, je lui montrai le port, en face.

Le vent de ponant troublait les contours du paysage. On distinguait tout de même la citadelle au-dessus des toits, le vieux port de la Ponche et même le clocher de l'église.

Le mot Saint-Tropez est magique. Virginia le répéta avec ravissement. Il était donc si facile de la ravir ? Du coup, c'est elle qui ramena ma main vers ses cuisses. Je pouvais encapuchonner son genou.

Virginia se pencha vers sa mère :

– Saint-Tropez, répéta-t-elle.

Sa mère hocha la tête, elle jeta un regard fatigué à Saint-Tropez, elle n'allait pas se laisser impressionner par si peu. Quand on connaît Beverly Hills, Malibu ou Santa Barbara, il est permis de dédaigner Saint-Tropez. Tout de même, il y avait Brigitte Bardot à Saint-Tropez et le dédain de Lynn Davenport m'irrita. Brigitte Bardot était mythologique. Autrement plus mythologique que Lynn Davenport, Californie ou pas. Je voulais bien prêter à la mère de Virginia des expériences et des attributs de star puisqu'elle ressemblait à une star, mais, pardon, elle n'était pas Brigitte Bardot, elle n'était même pas une Brigitte Bardot made in USA, je l'aurais su, je connaissais la plupart des actrices hollywoodiennes, même les actrices de série B. J'affichais surtout une préférence pour ces dernières. Elles me rassuraient. Elles étaient à moi. On ne me les disputerait pas. Qui aurait songé à me ravir les faveurs d'Arlene Dahl, de Rhonda Fleming, de Tina Louise ou d'Elaine Stewart ? J'avais découvert la cinémathèque de la rue d'Ulm il y a quelques mois. M'y attendait une réserve inépuisable de séries B et d'actrices qui n'étaient pas devenues des étoiles de première magnitude. Et jamais je n'étais tombé sur le nom et le visage de Lynn Davenport.

Qui était-elle donc, cette femme que n'émerveillait pas le nom de Saint-Tropez ? Dans l'ordre : une star douteuse, une Américaine indiscutable et une femme qui avait soif. Elle venait de le dire ou de s'en plaindre à Bernard du Perray à l'instant. I'm thirsty, quelque chose comme ça. Il avait approuvé de la tête. Lynn Davenport ne s'était pas désaltérée du Peppermint de chez nous. Trop de sirop dans le mélange ou la boisson trop tiède, trop *soft* à son goût.

Bernard du Perray pila devant L'Esquinade, à l'entrée de Sainte-Maxime, après l'immeuble de l'Arbois. Je n'avais encore jamais mis les pieds à L'Esquinade. Il fallait descendre trois marches pour atteindre le bar et la pénombre qui donnait l'illusion de la fraîcheur. Il y avait là quelques vieux beaux en blazer ou tenues de marin, et des femmes dont le bronzage tournait à la caricature. Ce monde chuchotait et s'ennuyait, prenait son mal en patience en attendant de dîner, de sortir, de danser et de faire l'amour. J'ai parlé de vieux beaux. Ils étaient plus vieux que beaux. Ils m'intimidèrent et me dégoûtèrent. Les femmes plus que les hommes encore qui posèrent sur Virginia un regard vide, comme si la demoiselle appartenait à une autre espèce. Et quarante ans de différence, ça vous creuse en effet des abîmes que l'on ne franchit plus, même dans la pénombre de L'Esquinade d'où se détachaient des murs, en guise de décoration, des lampes tempête, des cordes de marin, des baromètres en cuivre et autres pièces d'accastillage.

– Qu'est-ce que tu bois, mon chou ? demanda en français Bernard du Perray à Lynn qui s'était juchée sans attendre sur un tabouret.

– Gin tonic, dit-elle au barman.

Bernard du Perray commanda lui aussi un gin tonic, Virginia et moi deux coke. Nous étions alignés au bar. Nous buvions. Nous reprenions notre souffle. La pénombre de L'Esquinade invitait aussi au silence. Nous étions des étrangers à Sainte-Maxime. Moi le premier. Je me sentais étranger à tout. Comme si j'étais en Amérique. Je buvais un coke avec plein de glaçons. Le garçon de L'Esquinade savait que coke ça veut dire Coca. J'étais donc en Amérique.

– Tout à l'heure, dis-je à Bernard du Perray, vous avez appelé mon père 82 quelque chose.

– Et alors ?

– Ça voulait dire quoi ?

– Ton père a compris, c'est l'essentiel.

– Moi pas.

J'avais toutes les audaces.

Bernard du Perray fit tourner son verre dans ses mains avant de préciser :

– C'était son numéro d'écrou à Clairvaux. On s'appelait comme ça entre nous : mon cher 8290 ! Avec parfois un diminutif si on était intime : Tu permets que je t'appelle 82 ?

Il rit avec mélancolie.

– Et Confiture, qui c'était Confiture ?

Bernard du Perray hésita à me répondre. Il me jaugea. Étais-je un adulte ou un enfant ? Et puis il dut penser que j'étais un adulte, ou alors que ça n'avait aucune importance.

– Eh bien, Confiture, c'était un... un vieil instituteur qui avait été condamné pour une affaire de mœurs.

– Et alors ?

– C'est tout.

– Mais Confiture, pourquoi Confiture ?

Il hésita avant de poursuivre. Et puis, très vite :

– On racontait qu'il trempait sa... tu vois, dans la confiture pour que les enfants le lèchent. C'était son surnom. Il couchait dans la bibliothèque de Clairvaux. Il s'était installé là une paillasse. L'administration laissait faire. Il avait plus de soixante-dix ans...

Cette histoire me dégoûta un peu.

Lynn avait déjà fini son gin tonic. Elle en recommanda un autre. Elle désigna juste son verre au barman. Entre Américains, un signe suffit. Par ailleurs, elle n'était pas si différente des autres femmes de L'Esquinade à la peau trop bronzée, trop fripée, aux décolletés trop profonds, qui étaient là avec leurs amants déguisés en marins, et plus cacochymes qu'elles.

– Ton père ne t'a jamais parlé de ses années de prison ? s'inquiéta Bernard du Perray.

– Non, jamais. Il appelle ça ses années de pension. Ou alors : quand j'étais en pension aux frais du gouvernement. Après, il sourit et il passe à autre chose.

– Je le comprends.

– C'était comment, la prison, Clairvaux ?

Bernard du Perray sourit.

– Une ancienne abbaye cistercienne, pas très loin de Colombey-les-Deux-Églises.

– Une abbaye ? Elle était belle ?

– Comme toutes les prisons, je suppose. Un endroit où les gens souffrent. Il y a toujours de la noblesse et donc de la beauté là où les gens souffrent.

– De la noblesse ?

– Je plaisante, non, Clairvaux était lugubre, et les salles des « inos » autour de l'ancien cloître, chacun à son pupitre. On n'avait pas le droit de parler, au début. Comme des collégiens !... Ton père a raison, Peter, c'est de la vieille histoire.

Bernard du Perray balaya du regard la pénombre de L'Esquinade avant d'ajouter :

– Ici, les gens ne souffrent pas beaucoup, non ?

– On dirait pas.

– Tu vois, on n'est pas dans un endroit très noble... Allez ! Occupe-toi donc un peu de notre amie Virginia !

Pour m'occuper de Virginia, pour avoir avec elle toutes les audaces, j'aurais dû commander un gin tonic. Mais il me manquait un blazer, de l'argent et cette assurance intrépide dont je ne bénéficiais que par à-coups ou par inconscience, avant de rechuter dans ma timidité. Et puis, il y avait Lynn qui n'adressait jamais la parole à Virginia, mais qui restait sa mère. Du coin de l'œil, elle la surveillait et devait la jalouser aussi. Sa fille : un capital qu'il lui faudrait placer avec intérêt quand le moment serait venu. Mais la question ne se posait pas. Elle considérait encore Virginia comme une gamine. Ça la rassurait. Elle ne voulait pas admettre que ses seins s'épanouissaient sous sa chemise vichy et faisaient rêver un garçon comme moi. Un garçon qui n'était sûrement pas à ses yeux l'avenir ou les intérêts qu'elle imaginait pour Virginia, un avenir improbable, plus tard...

Mais Lynn Davenport s'éclipsa, à la recherche des toilettes. Bernard du Perray en profita, il versa la moitié de son second gin tonic dans son propre verre et adressa un clin d'œil à Virginia. Pour la rendre complice, lui faire comprendre que sa mère buvait trop ou que lui-même avait encore soif ! Mais ce geste et ce clin d'œil ne furent pas du goût de la jeune fille. Peut-être que Bernard du Perray lui-même n'était pas de son goût. Ou qu'elle détestait par principe les amants de sa mère. Les Français, les vieux Français, les *latin lovers* la faisaient rire. Tout comme mon accent à la Maurice Chevalier. Elle était la seule de nous tous, Virginia, à ne pas être impressionnée par Bernard du Perray. Lynn était sous sa coupe. Il avait intimidé ma mère. Mon père avait été bouleversé en le revoyant parce que Bernard du Perray devait être l'enfant terrible, l'aventurier de leurs années de pension. Et moi le premier, je subissais son prestige, sa voiture, le passé inconnu qu'il partageait avec mon père. Non, seule Virginia le regardait avec ce dédain infini qui est, encore une fois, le propre des jeunes filles, ce côté cause toujours moi je suis de l'autre côté, du bon côté, du côté de la jeunesse, de l'avenir et de l'amour qui n'a pas besoin de maquillage, de bronzage et de décolletés vertigineux puisque je suis moi-même le vertige, le vertige de la jeunesse qui vous est devenue inaccessible. Elle haussa les épaules, mais peut-être qu'elle n'eut pas besoin de les hausser, elle les haussa métaphoriquement, juste ce regard lourd, lointain, d'une indifférence ruminante, et puis elle lui tourna le dos, elle pivota sur son tabouret, elle finit son verre et m'embrassa à pleine bouche, comme ça, pour rire, pour jouer les adultes, pour provoquer Bernard du Perray. J'en fus estomaqué. Je ne savais plus où me mettre, on ne refuse pas un baiser comme ça, et sa langue qui s'insinuait entre mes lèvres et tout. Et si d'un seul coup la mère revenait des toilettes, trouvait son verre vide et sa fille qui jouait les traînées dans les bars ?

J'avais tort. Virginia ne jouait pas les traînées, les tapineuses, les Tina Louise à la lourde sensualité (comme dans *La Chevauchée des bannis* d'André De Toth). Avant de m'embrasser, elle avait avalé un glaçon. Son baiser, c'était pour rire. Pour me refiler son glaçon à pleine bouche. Je fis une drôle de tête. Elle se détacha de moi. J'avais son glaçon en héritage. Il fondit très vite. Elle se força à rire. Je déglutis. Virginia s'esclaffa.

Lynn était revenue sans qu'on l'entendît. Elle termina son verre. Ses lèvres étaient un peu plus rouges. Elle n'aimait pas voir sa fille en train de rire, sa fille qui n'avait pas besoin de maquillage pour séduire.

– Don't be stupid ! lui dit-elle.

Je me retournai vers Bernard du Perray.

– Mais vous, pourquoi vous étiez en... pension avec mon père ? Vous étiez aussi journaliste ?

– Non, soldat.

– Tout le monde était soldat pendant la guerre, non ?

– Tout le monde, oui, à un moment donné ou à un autre, dans un camp ou dans un autre.

– Et vous... vous étiez dans l'autre camp, c'est ça ?

– Oberscharführer...

– Ça veut dire quoi ?

– Quelque chose comme élève-officier. Et ensuite, j'ai été rattaché, en 1945, à la Panzerabwehrkanonen, l'artillerie antichar, voilà, tu es content ?

Je sentis comme de l'impatience et même de l'hostilité dans ses propos. Mais cette hostilité était moins dirigée contre moi que contre lui. Il ne se sentait pas très fier de ce passé.

– Vous avez parlé de la neige tout à l'heure.

– En Russie et en Prusse-Orientale, en Poméranie, Peter, il y a beaucoup de neige. L'hiver n'en finit pas, crois-moi !

– Oh ! Je vous crois !

Bernard du Perray se leva.

– C'est pas le moment de raconter tout ça. Oublié, terminé ! On a mieux à faire, tu ne crois pas ? Direction Saint-Tropez ! C'est préférable à Körlin et à Belgard, en Poméranie, durant le mois de mars 1945, je te le jure !

Bernard du Perray régla l'addition. On le laissa faire. Il était dans son rôle. Et l'addition était vertigineuse. Je compris pourquoi mes parents n'allaient jamais à L'Esquinade et se contentaient du Café de France à l'ombre des platanes. L'Esquinade était réservé aux vieux en blazer, aux femmes trop bronzées et aux Américains de passage qui n'étaient pas de notre monde... Mon père, un jour, avait-il appartenu à ce monde de L'Esquinade ?

J'aurais voulu poser encore des tas de questions à Bernard du Perray. Mais il y avait Saint-Tropez et la Triumph ! C'était plus réel que la Russie, la Poméranie, la neige, la guerre. Il avait raison, l'ami de mon père. Et il y avait surtout Virginia qui me troublait et il était si facile de me troubler.

Lynn Davenport n'avait pas l'air trop vaillant. Avait-elle déjà pris quelques gin tonic avant de venir nous voir ? Bernard du Perray la surveillait du coin de l'œil. Je surpris son regard. Il comprit que je l'avais surpris et il me sourit. Tout va si vite : les regards, les pensées, les arrière-pensées, les complicités devinées.

– Les femmes, me dit-il.

Il s'adressa à moi comme à un connaisseur. Peut-être parce que Virginia s'était penchée tout à l'heure sur son tabouret pour m'embrasser et qu'il n'avait pas vu le coup du glaçon. Cette connivence me flatta. Bernard du Perray ne s'attendait pas à ce que Virginia m'embrassât. Il ne me connaissait pas. Il ne connaissait que mon père. Imaginait-il que je ressemblais à mon père ?

Virginia ne suivit rien de ces regards. Elle s'assit sur le haut du dossier de la Triumph, ses pieds sur la banquette arrière. Elle regarda Saint-Tropez de l'autre côté du golfe et les voiliers qui tiraient des bords et n'allaient nulle part. L'air était devenu plus léger. Le ponant reprenait de la vigueur avec la fin de la journée. Lynn Davenport se tourna vers sa fille alors que la voiture démarrait. Un regard qui était un ordre. Virginia soupira, se laissa glisser jusqu'à s'asseoir près de moi, comme tout le monde.

– Tu connais Stéphane Grappelli ? me demanda Bernard du Perray.

J'hésitai. Ce nom me disait quelque chose.

– Tu aimes le jazz ? ajouta-t-il.

– Oui.

– Par exemple ?

– Louis Armstrong, Gerry Mulligan, Stan Getz, Art Blakey, le Modern Jazz Quartet.

– Et Stéphane Grappelli ?

– Pas vraiment. Je devrais...

Bernard du Perray m'expliqua que Stéphane Grappelli jouait du violon, qu'il était l'un des seuls violonistes de jazz et qu'il m'enverrait ses disques.

– Ah ! oui, je veux bien.

Bernard du Perray parlait à voix haute pour couvrir le bruit du moteur. Il accéléra. Guerrevieille, Beauvallon... On s'approchait du fond du golfe. Je me penchai vers lui pour bien l'entendre. Il avait l'air heureux de me parler. Ou de trouver un auditeur disposé à partager son admiration pour Stéphane Grappelli. Bernard du Perray penserait-il à m'envoyer ses disques ? Je me méfiais des adultes et de leurs promesses. Je n'ai cessé de m'en méfier. Les sincérités ne sont jamais que provisoires. Bernard du Perray penserait-il encore à moi dans une semaine ou dans un an ? Certes j'étais le fils de mon père, du numéro d'écrou 8290 atelier 2. Mais s'il avait été un si grand ami de mon père, j'aurais entendu parler de lui, il serait venu nous rendre visite quai de Béthune au moins une fois depuis sa sortie de pension.

Raison de plus pour profiter de sa présence, pour le faire parler de mon père. Mais maintenant il roulait trop vite. Il s'engagea sur la ligne droite de Saint-Pons-les-Mûres et dépassa les cent vingt à l'heure. Je ne pouvais lui parler de mon père en hurlant. Je voulais lui parler de mon père en chuchotant. Était-il possible de chuchoter avec Bernard du Perray ? Pouvais-je faire confiance à un homme qui roulait en Triumph et choisissait pour maîtresse une Américaine aussi technicolorisée que Lynn Davenport ?

Tantôt je l'admirais pour son aplomb, sa voiture, le monde qu'il fréquentait, ce parfum d'aventure si éloigné de toute quiétude bourgeoise et pour la désinvolture qu'il manifestait à l'égard de l'argent. Et tantôt, pour ces mêmes raisons, je me méfiais de lui.

Sur notre gauche, après les campings il y avait des marécages. J'avais entendu dire que des flamants roses nichaient là, au fond du golfe, mais je n'en avais jamais vus. L'année précédente, j'avais fait des promenades à cheval dans les terrains vagues en bordure de ces marécages. On louait le cheval à l'heure. On chevauchait à la file. Rarement au galop. Des chevaux assez philosophes ou bienveillants pour ne pas remarquer l'inexpérience de leurs cavaliers. J'étais heureux comme tout. Je guettais les flamants roses. En vain. Ce n'était peut-être pas la bonne époque. L'hiver peut-être.

– Il y a des flamants roses dans le coin.

Je m'égosillai et désignai les marécages. On allait bientôt arriver au carrefour de La Foux.

Lynn Davenport se retourna.

– Flamingoes, traduisit sobrement son amant.

Cette traduction lui suffit. Les flamants roses l'intéressaient modérément. Dans quelques années, bulldozers et pelleteuses succéderaient aux problématiques flamants roses. On parlerait de promotions immobilières et d'un port qui se dresserait et se creuserait bientôt à la place des marécages. Mes parents s'en désoleraient.

Ils n'avaient jamais cessé de se désoler, du plus loin que je me souvienne. A chaque villa qui se construisait à La Nartelle. A chaque chemin qui éventrait les collines boisées. Dix fois, vingt fois, mon père m'avait raconté son premier séjour sur la Côte d'Azur au début des années trente, et la simple route de terre qui reliait à cette époque Saint-Raphaël à Saint-Tropez. Maintenant, ce pays est fichu, maugréait-il. Je le laissais dire. Cela n'avait aucune importance. Je ne croyais pas que ce pays était fichu. Comme je ne croyais pas que de Gaulle était un imposteur ou Gambetta une canaille. Mon père vivait d'illusions, de colères et de regrets. Regrets de quoi ? Regrets du temps qui avait précédé ses années de pension. Regrets des années d'avant-guerre, quand il s'enhardissait à faire construire sa villa du domaine de La Nartelle, quand il pariait encore sur l'avenir. Au mois d'août 1944, Paris avait été libéré, mon père avait été arrêté et j'étais né. Depuis, il n'avait plus parié sur rien. Le monde était fichu. Et moi, qu'est-ce que je venais faire là-dedans ? Il me prenait à témoin, c'est tout. Mon père m'a aimé, bien sûr. Et j'ai aimé mon père. Et je chéris encore le souvenir de mon père. Il m'avait donné la meilleure éducation qu'il croyait possible. Lui, le rêveur désolé, il avait tenté de m'insuffler des rêves auxquels il avait dû renoncer. Jeune par exemple, il avait voulu faire l'École navale, mais son père s'y était opposé et il n'avait pas insisté. Il tenta toutefois de me convaincre des bienfaits et du prestige de l'École navale. Il m'inscrivit même en classe préparatoire à Navale au lycée de Brest, mais cette année-là, j'échouai à mon bac et on ne reparla plus par la suite de l'École navale. Après m'être laissé faire, j'avais fini par réagir. Avec passivité et non par la révolte. Les partis pris, les violences verbales, je lui en laissais l'usage exclusif. Mais quand il s'agissait de mon éducation, du choix de l'École navale par exemple, non, il est juste de dire que mon père ne cherchait pas l'affrontement non plus. Il n'avait pas assez d'énergie pour cela. Ou de confiance en lui. Il était devenu vieux. Il se sentait vieux malgré ses colères de jeune homme qui mettaient en joie ses amis. Ses années de pension l'avaient brisé. Mon père avait dû devenir vieux quand je suis né, quand il avait été arrêté et jugé, quand il s'était dit que le monde était fichu et que le pire était sûr. Il n'avait plus cherché à se battre. Il n'avait plus confiance. Il n'avait pas cherché davantage à peser sur mon éducation. Il ne s'était pas battu pour l'École navale et pour ses rêves qu'il aurait pu vivre à travers moi. Parce que ses rêves aussi avaient pris un coup de vieux. Il n'y croyait plus. La flotte française ? Sous l'eau depuis Trafalgar ! Sans parler de Mers el-Kébir ! Voilà un nom qui revenait souvent dans ses conversations. Mers el-Kébir ! Et les Anglais qui canonnaient la flotte française. Pourquoi ? Mystère. Je ne comprenais rien à l'affaire. Ce qui n'est pas surprenant. Et je ne cherchais pas à la comprendre. Ce qui était assez banal aussi pour un garçon comme moi si indifférent à la politique, si protégé de la politique, et que les emportements de son père prémunissaient encore davantage contre ses atteintes...

Mais, pour l'instant, il n'était pas question de l'École navale. J'allais passer en classe de première C au lycée Charlemagne. Je n'étais pas un élève brillant ni précoce. Dans la moyenne, voilà. J'avais du mal à échapper à la moyenne. Sauf quand je vivais comme à cet instant une aventure qui ne me semblait pas moyenne du tout auprès de Bernard du Perray qui lui aussi avait vécu en compagnie de mon père des années de pension mais que cela n'avait pas abattu. J'admirai, j'enviai son énergie. Quelle chance ce serait d'être le fils d'un homme de tant d'énergie, et de le suivre dans ses passions, ses risques, ses voyages, ses rencontres avec des Américaines assoiffées de gin tonic, ou d'écouter avec lui Stéphane Grappelli qui était un immense musicien puisqu'il le disait ! Dans ces conditions, je me moquais bien qu'il n'y eût plus de flamants roses au fond du golfe de Saint-Tropez. Je ne redoutais pas la nouveauté. J'avais seize ou dix-sept ans et je n'en pouvais plus du temps immobile.

La main de Virginia me frôla les cuisses. Peut-être à cause d'un virage. Elle avait basculé vers moi. Je ne réagis pas. Sa main se fit plus pressante. Voulait-elle vérifier l'état d'excitation dans lequel elle ne tarda pas à me mettre ? J'étais embarrassé. Elle aurait été capable d'éclater de rire et de glisser un glaçon sous la ceinture de mon pantalon.

Après le carrefour de La Foux, on remonta vers Saint-Tropez. Je désignai à Bernard du Perray et aux deux femmes l'usine de torpilles.

– Une usine de torpilles, pas possible ?

L'idée d'une usine de torpilles dans le golfe de Saint-Tropez enchanta Bernard du Perray, mais elle laissa Virginia et sa mère de marbre.

Un peu plus loin, il y avait un virage sur la droite. D'où l'on découvrait le panorama de Saint-Tropez, les façades ocre et roses des maisons, le clocher, la citadelle au-dessus du port, dans son écrin de pins parasols. Une vision de carte postale. Ma mère s'extasiait chaque fois. Le fameux virage ! Un panorama pour les touristes. Je suggérai à Bernard du Perray de ralentir. Tant pis pour les pneus qui ne crisseraient plus. Il ralentit. Virginia retira sa main de mon genou. La Triumph s'engagea dans le virage.

Et j'annonçai avec sobriété :

- Saint-Tropez.

Chez Palmyre à Saint-Tropez

août 1961

Je pouvais désormais faire le guide et fanfaronner comme un propriétaire. Saint-Tropez était là. L'après-midi s'achevait. Il y avait des frissons d'écume sur la mer qui prenait maintenant des couleurs bleu turquoise. Les voiliers regagnaient le port. Les pierres de la citadelle étaient de couleur miel sous les rayons obliques du soleil.

La Triumph dépassa la clinique de l'Oasis. J'indiquai à Bernard du Perray la rue Allard. On déboucha sur le port. La carte postale s'y faisait plus carte postale que jamais : les yachts au mouillage, la foule sur les quais, la statue du bailli de Suffren devant l'hôtel Sube et tous les jaunes, les roses, les mauves qui s'égaliseraient sur les façades des maisons. C'était la fête. C'était la vie. Avec les boutiques et les restaurants sous leurs stores plus vifs encore. Virginia n'en perdait pas une miette. Lynn Davenport non plus qui s'était remis un peu de rouge à lèvres. Je leur indiquai Vachon, Choses, les boutiques les plus célèbres, le café Le Gorille ouvert toute la nuit et Sénéquier qui était moins un café qu'une légende, la halte obligée avec ses tables triangulaires de bois laqué rouge.

Je conseillai à Bernard du Perray de se garer derrière Sénéquier, sur l'esplanade où il y avait le commissariat de police. Et il eut de la chance, il trouva une place. Virginia bondit hors de la Triumph. Sa mère fut plus lente à s'extraire et à se redresser. Elles échangèrent quelques mots entre elles, puis Lynn se tourna vers Bernard du Perray pour lui dire qu'elles nous laissaient, qu'elles avaient des courses à faire, qu'elles nous retrouveraient dans une heure.

– Chez Sénéquier, leur lança Bernard peu affecté de cet abandon.

Virginia s'éloigna, les fesses comprimées dans son pantalon corsaire. Elle n'était peut-être pas distinguée, mais qu'est-ce que j'avais à faire de sa distinction ? Je dus la regarder avec des yeux de cocker résigné à voir disparaître sa maîtresse. Mais Virginia n'était pas ma maîtresse. Je ne savais même pas ce que ça pouvait représenter d'avoir une maîtresse. Le mot maîtresse, c'était une figure de style, un terme de vaudeville à l'usage des adultes. A mon âge, on avait des petites amies, des flirts. On sortait avec des filles. On ne couchait pas. On imaginait. On attendait. On avait des yeux de cocker. Bernard du Perray me tapa sur l'épaule et me réconforta. Il me croyait plus âgé que je ne l'étais. Assez grand sans doute pour avoir une maîtresse et pour éprouver le chagrin d'en perdre une.

– Ne te fais pas trop d'illusions, mon vieux, me dit-il avec cette solidarité des hommes entre eux quand ils parlent des femmes, avec cette forme de complicité poisseuse, ces sous-entendus égrillards qui n'ont d'égal que la vulgarité des femmes quand elles parlent entre elles de leurs amants.

Cette solidarité m'émut et m'écrasa. Je ne pouvais pas la briser et avouer à Bernard du Perray que les femmes étaient encore pour moi *terra incognita*. Je me contentai de hausser les épaules et d'afficher un air désinvolte. Bah ! *che sera sera !* Tiens, à propos, est-ce qu'elle avait vu, Virginia, le film d'Hitchcock *L'homme qui en savait trop* dont j'avais même retenu le titre original, *The man who knew too much* ? Je l'avais adoré. Et Doris Day qui chantait *che sera sera*. J'avais le 45 tours à la maison. Il était dans la pile. Virginia ne l'avait pas remarqué. J'étais sûr qu'elle devait aimer Doris Day. Moi, je la tolérais à cause du film, bien qu'elle fût rondouillarde, niaise, peu sexy et abominable comédienne. Oui, comment pouvait-on aimer Doris Day si américaine, si bonne ménagère américaine, si dodue et d'un incurable optimiste, si peu romantique, si peu femme fatale, si peu Ava Gardner en un mot ? Elle devait épater tout de même les jeunes Américaines, elle devait être pour elles un modèle *accessible*. Virginia adorait sans aucun doute Doris Day et c'était horrible d'y penser.

– Remets-toi ! insista Bernard du Perray.

– Non, ce n'est pas ça.

Il ne fit pas attention à ma réponse et poursuivit avec cette même complicité un peu transpirante :

– Les petites Américaines, mon vieux, elles ne couchent pas, elles se préservent, elles savent vous affoler et puis bonsoir ! Elles restent sous la coupe de leurs mères, rien à faire !

Est-ce que Bernard du Perray avait tenté de coucher avec Virginia ? Est-ce qu'il l'avait embrassée comme moi je l'avais embrassée ou m'étais laissé embrasser ? Oui, il avait sûrement dû tenter le coup. La fille après la mère. Logique. Le rêve de chacun. Il n'empêche, je tombais des nues. Il me prenait à témoin et je ne voulais pas être témoin. Et de quoi ? Il est vrai que Virginia était plus désirable que sa mère...

J'y repense aujourd'hui et mesure mon erreur. La mère était plus désirable que la fille. Virginia affichait cette banalité commune aux adolescentes. Elle était stéréotypée. Mais comment aurais-je pu savoir, à seize ou dix-sept ans, que l'âge et les rides ennoblissent le visage des femmes, leur donnent une fragilité, une émotion, une mélancolie qui transforment leur beauté en un état de grâce, une fragilité, un sens de l'éphémère sans lesquels tout n'est qu'ignorance et vulgarité ? Lynn Davenport était émouvante et je ne le soupçonnais pas. Il ne suffit pas de vivre. Il faut avoir vécu pour être belle et savoir ce qu'est la beauté, quand on devient enfin capable d'ouvrir ses fenêtres de chaque côté, à l'orient et à l'occident.

– Non, non, mon vieux, continua Bernard du Perray, la petite est mignonne, mais tu n'iras pas jusqu'au bout et ça vaut mieux. On n'est jamais assez prudent. Sinon, tu risques de ne plus t'en sortir, si tu vois ce que je veux dire.

Je ne voyais pas ce qu'il voulait dire mais je me tus. Coucher avec Virginia, aller jusqu'au bout ou presque avec Virginia, et pourquoi pas ? Je me contentai de répéter d'un air pensif :

– Non, ce n'est pas ça.

– Alors c'est quoi ? Tu penses à quoi ?

Bernard du Perray m'observa avec une certaine malice et moi je répondis du tac au tac :

– Je pense à Doris Day.

Il éclata de rire. Je me mis à rire avec lui. On fit quelques pas en direction du port. Je lui expliquai que Virginia dans son pantalon corsaire me faisait penser à Doris Day, cette bonne santé américaine de Doris Day et de Virginia, leur vigueur si colorée. Il me comprit.

J'ajoutai tout de même :

– Elle n'était pas trop mal, Doris Day, dans *L'Homme qui en savait trop*.

– Mais non, insupportable ! Elle m'a gâché mon plaisir. De toute façon, Hitchcock déteste les femmes, les actrices. Il les humilie sur le tournage. Mais avec Doris Day sur son plateau, je le comprends, il avait des excuses !

– Il a humilié Doris Day ?

Bernard du Perray s'arrêta une seconde de marcher. Nous arrivions au bout du quai, là où commence la jetée.

– Franchement, je n'en sais rien, mais il aurait dû.

– *Che sera sera*.

– Non, Peter, épargne-moi ça ! J'aime beaucoup Hitchcock, il réalise des films formidables, mais entre lui et moi il y aura toujours *che sera sera*, cette horreur à l'état pur.

Je ne la trouvais pas si horrible, cette chanson, mais je ne répondis pas, je fis mine de l'approuver. Et je l'approuvais déjà. Il était si facile de me convaincre.

– Tu as vu *Vertigo*, *Sueurs froides* en français ? ajouta-t-il. Un chef-d'œuvre !

– Pas encore, mais je sais qu'il y a Kim Novak.

- Tu aimes Kim Novak ?

En guise de réponse, je tirai de mon portefeuille une carte postale de Kim Novak, toute froissée.

– Tu as du goût, mon vieux. Entre nous, Kim Novak est aussi une actrice exécrable, mais quelle femme ! Hitchcock l'a humiliée, elle, sur le tournage, il se vengeait de sa beauté. Il n'empêche qu'elle est sublime dans ce film, toute nullissime qu'elle est. Si tu veux, je te raconterais un jour le tournage du film, les confidences qu'elle m'a faites.

Ce fut mon tour de m'arrêter pile.

– Vous... vous connaissez Kim Novak ?

Bernard du Perray était toujours aussi souriant et désinvolte :

– Ce n'est pas difficile, je reviens d'Hollywood. Tout le monde connaît Kim Novak. Elle n'est pas si farouche.

– Si farouche, cela veut dire quoi ?

– Rien, Peter, rien !

Avec ses sous-entendus, il m'aurait laissé croire pour un peu qu'il avait couché avec Kim Novak.

– Et tu sais comment elle s'appelle, Kim Novak ? poursuivit-il.

– Pourquoi ? Ce n'est pas son vrai nom ?

– Novak, oui, d'accord, mais son prénom c'est Marilyn. La malheureuse ! Marilyn, le prénom était déjà réquisitionné. Marilyn Pauline Novak exactement. Alors je ne sais plus qui, à la Columbia, a eu l'idée de l'appeler Kim. Kim Novak, c'est un nom qui claque. On l'a retenu. Kim Novak en blonde et en rousse dans *Vertigo*. Moi, je l'ai préférée en blonde.

– D'après les photos, moi aussi.

– Mais en rousse ma foi...

De nouveau il eut son rire. Un rire de transpiration que je n'aimais pas, qui salissait Kim Novak. Je remis la photo dans mon portefeuille et le portefeuille dans ma poche revolver. Incroyable ! Je connaissais donc quelqu'un qui connaissait Kim Novak. A ce compte, je pouvais moi aussi connaître Kim Novak. Or Kim Novak était une star et les stars sont par définition inaccessibles. Même pour ceux qui pilotent des Triumph. Une Lynn Davenport, passe encore. Mais pas Kim Novak, non, pas Kim Novak !

Nous fîmes encore quelques pas. J'indiquai à Bernard du Perray la rue de la mairie, qui débouche plus loin sur la Ponche, mais il préféra faire demi-tour et gagner Sénéquier sans plus attendre. Je le suivis. Il slaloma entre les consommateurs, il trouva une place, soupira, s'installa et posa ses pieds sur le plateau inférieur de la table.

– Qu'est-ce que tu veux ?

Je lui expliquai que je prenais d'habitude un ice cream. Il afficha un air blasé. Je lui précisai que l'ice cream de Sénéquier n'était pas une glace ordinaire mais qu'elle était servie dans un verre et baignait dans un cocktail dont la recette était tenue secrète, mais qui contenait du marasquin. Il eut l'air convaincu.

– Deux ice cream !

Le vent était tombé. Le soleil se couchait au fond du golfe, derrière les ruines du château de Grimaud. Je me dis que, quand je serais grand, j'aimerais posséder une maison à Grimaud. Pour l'instant, j'avais le temps d'observer Bernard du Perray, tout en aspirant avec ma paille le cocktail à base de marasquin.

Je pratiquais toujours ainsi : d'abord le marasquin et ensuite la glace en guise de consolation.

Il était de taille moyenne, Bernard du Perray, plus grand que mon père et moi, mais moins grand que James Stewart ou Gary Cooper. Un peu moins d'un mètre quatre-vingts, disons. Voûté, il paraissait de toute façon plus petit qu'il n'était. Il était mince, mais d'une minceur plus maladive qu'athlétique, les traits menus, un nez qui avait oublié de grandir en même temps que le visage, des cheveux châtain foncé et des yeux noisette qui passaient sans cesse de l'exaltation à la fatigue (mais une exaltation peu naturelle et une fatigue consécutive sans doute à des exercices peu naturels non plus). Un aventurier, Bernard du Perray ? Un héros fatigué sans doute, mais qui prétendait avoir connu Kim Novak !

J'oubliai pour l'instant Virginia et sa mère. J'oubliais mon père et leurs années de pension. L'homme qui terminait son ice cream et regardait passer les filles sur le port, là, en face de moi, avait connu Kim Novak, il me l'affirmait. Une serveuse s'approcha. Il régla les consommations et recommanda deux ice cream. La tête me tournait déjà. Le marasquin et l'aventure.

– Pour moi, un ice cream mais sans crème glacée, juste votre cocktail, précisa-t-il à la serveuse mais celle-ci crut qu'il plaisantait et s'éloigna sans répondre.

Elles n'étaient pas très aguicheuses ni très sexy, les serveuses de Sénéquier. On aurait dit des institutrices entre deux âges, qui étoffent leurs revenus à l'époque des vacances. Non, les belles filles, il fallait les chercher sur le port.

– Tu vois, Peter, me dit Bernard du Perray comme s'il lisait dans mes pensées, c'est ça le bonheur : ne rien faire et regarder les filles qui passent alors que le soleil se couche.

Je l'approuvai. La serveuse revint avec deux ice cream comme si de rien n'était. Bernard du Perray ne fit aucune observation, mais la reluqua jusqu'à l'indécence.

– Remarque, me précisa-t-il d'une voix un peu plus basse, le bonheur, ce serait aussi des filles qui se couchent alors que le soleil ne fait que passer.

Et de nouveau il eut son rire un peu transpirant, son rire de fatigue qui s'accordait avec ses poches sous les yeux. Je sirotai à la paille mon nouvel ice cream. Je me sentis encore plus étourdi. Et non moins audacieux.

– Comment vous avez connu Kim Novak ?

– Chez Van Drutten, un scénariste, au cours d'une party à Beverly Hills. Il y avait là Richard Quine, l'amant en titre de Kim avec qui elle venait de tourner un film qui s'appelait *Bell, book and candle* et qui était rigolo, je l'avoue. Mais Kim ce soir-là s'est laissé séduire par un vétérinaire qui lui a parlé des lamas qu'il possédait dans sa propriété près de Carmel. S'il faut maintenant posséder des lamas pour séduire Kim Novak, où va-t-on, mon vieux !

Il eut un geste découragé. Moi, je me laissai emporter par la valse de ces noms inconnus : Van Drutten, Richard Quine, Carmel, qui tournaient dans ma tête comme le marasquin.

– Mais vous, qu'est-ce que vous faisiez là-bas ?

Mon insistance le fit hésiter.

– Mais c'est mon métier, Peter.

– Quel métier ?

D'un air un peu blasé, il laissa tomber :

– Agent.

– Agent ?

– Imprésario, si tu préfères. Je défends les intérêts de mes clients, des artistes.

– Quels artistes ?

De nouveau son rire blasé. Bernard du Perray n'était certainement pas l'agent de Kim Novak. Il observa son ice cream avec perplexité.

J'insistai :

– Votre amie, la mère de Virginia ?

Il fit tourner son verre. La boule de glace fondait à vue d'œil dans le cocktail à base de marasquin.

J'insistai encore :

– Elle est une artiste ?

Il hésita. Avec sa cuillère, il mélangea le reste de glace et le cocktail.

– Oui, si tu veux. Elle chantait à Las Vegas, au Blue Lagoon. Les Français ne sont pas obligés de savoir qu'elle était là-bas au bout de sa carrière. Enfin, si l'on peut parler de carrière ! Pour eux, elle vient d'Amérique. Le prestige est suffisant. Son agent américain a fait appel à moi. Je vais voir ce que je peux faire pour elle à Paris.

– Et vous étiez agent avant la guerre ?

Je me demandai si Bernard du Perray se mit à sourire ou bien s'il fit la grimace.

– Avant la guerre, j'étais étudiant, j'étais exalté, j'étais royaliste comme mon père qui était officier, je rêvais de m'engager et... et toi, tu ne serais pas un peu trop indiscret, des fois ?

Je plongeai le nez dans mon ice cream en guise de réponse. J'avais aspiré déjà tout le marasquin.

– Alors je me suis engagé, je te l'ai dit. Et du mauvais côté, tu comprends ? Dans la LVF ! Tu connais la LVF ?

– Non.

– La Ligue des volontaires français contre le bolchevisme.

– Contre les Russes ?

– Si tu veux. J'avais dix-huit ans. C'était en 1943. J'ai creusé des fossés antichars, j'ai trimballé des mitrailleuses lourdes, c'est pas intéressant tout ça.

– Si !

– Non, trop de marches à pied, trop de neige, trop de sommeil, trop de poux, trop de cadavres partout.

Je ne l'interrompis pas. J'avais toujours le nez dans mon ice cream.

Il laissa tomber encore :

– J'étais un crétin. Au mieux, un jeune crétin obnubilé par l'anticommunisme. Après la guerre, j'ai compris et j'ai su. Mais c'était trop tard...

Et puis il se tut. Il n'en dirait pas plus. N'empêche que ce mot de crétin me choqua. Celui d'aventure, je le comprenais mieux. Et lutter contre les bolcheviques, pourquoi pas ? Après deux marasquins, j'étais disposé à tout comprendre. Il s'était engagé à dix-huit ans contre les bolcheviques. Et moi dans un an, est-ce que je serais prêt à m'engager dans des combats perdus d'avance à l'autre bout du monde ? Bernard du Perray était d'une autre espèce. Je sortis la tête de mon ice cream. Bernard du Perray prit-il conscience de l'expression admirative de mon visage ?

– Tu sais, Peter, ton père était quelqu'un d'exceptionnel pour nous tous à Clairvaux. Est-ce qu'il t'a parlé des conférences qu'il nous faisait ?

De nouveau, j'eus un geste vague. Non, mon père ne m'avait jamais parlé de ses conférences à la prison de Clairvaux. Toujours la périphrase : quand j'étais en pension. Il est vrai que je ne lui avais jamais posé de question. Cette absence de curiosité l'avait-elle blessé ? Mais non, il s'était barricadé dans son silence, le persiflage de ses années de pension. Et moi, ma mère, tout le monde, on lui avait emboîté le pas, on avait joué son jeu. Silence aussi. Mais nous avions souffert de ce silence. Voilà la vérité. Voilà ce que je pense aujourd'hui. Peut-être aurions-nous souffert davantage, il est vrai, si je l'avais interrogé et s'il m'avait répondu. Si j'avais été trop curieux et lui trop sincère. Si j'avais cherché à comprendre pourquoi il avait continué de travailler au *Petit Parisien* sous le contrôle de la censure allemande et s'il m'avait répondu que c'était très bien comme ça, que c'était son devoir, qu'il avait une famille à nourrir, que cette période était très compliquée à comprendre, à vivre, à survivre, etc. Mais mon père n'aurait pas tenté de se justifier, il se serait mis en colère et avec d'autant plus de violence qu'il aurait pu soupçonner chez son fils l'ombre d'une réprobation ou d'un jugement, son fils né en août 1944 quand tout était joué et que les Allemands quittaient Paris...

– Il était si calme, ton père, si érudit. Il travaillait à la bibliothèque...

– Avec Confiture ?

Bernard du Perray haussa les épaules.

– Non, ton père, lui, préparait là-bas ses conférences. Il nous faisait des exposés sur Joubert et sur Mme de Sévigné.

Mon père si calme, difficile à croire. Comment me le représenter, érudit et conférencier, et qui portait des sabots à la prison de Clairvaux ? Au fond, en prison, il restait une abstraction. Lui, un prisonnier ? Lui si *quelconque* malgré ses emportements ? Lui qui était le contraire de l'aventure ? Combattre les Rouges dans la steppe, voilà de l'aventure, voilà qui s'accordait avec la prison, cette autre forme immobile d'aventure (même si les conditions du passage de la steppe à la prison me restaient inconnues) !

– Et vous êtes devenus amis.

– Nous sommes devenus amis.

– Vous étiez dans la même cellule ?

– Non, Peter, mais encore une fois ne parlons plus de ça, je te le demande.

– Vous étiez nombreux dans chaque cellule ?

Lynn et Virginia nous tombèrent dessus. Elles avaient les bras chargés de paquets. Virginia s'assit entre Bernard du Perray et moi. Elle renifla mon verre sans façon et termina la glace. Sa mère appela l'une des institutrices-serveuses. J'eus du mal à reconnaître Virginia. Adieu le pantalon corsaire rouge cerise et la chemise vichy ! Elle portait un vrai pantalon de coton bleu pâle, encore plus serré, et un tricot blanc sous une veste de lin beige. Elle était assez élégante. Et très adulte.

– Very smart, je lui dis.

– Thank you, Peter.

Et elle m'adressa l'une de ses horribles grimaces de

collégienne. On ne savait jamais à quoi s'attendre avec elle, la femme adulte ou la gamine.

La mère et la fille commandèrent à leur tour deux ice cream. Bernard du Perray, lui, un whisky. Lynn Davenport sortit de son sac une jupe en tissu provençal, un blazer de lainage et un caraco pailleté d'argent. Bernard parut perplexe. Lynn lui tira la langue et puis sourit.

Je n'aurais pas dû engloutir mes deux ice cream. Je ne savais plus où j'en étais. Virginia regretta de ne pas avoir pris la taille au-dessus, pour son pantalon. Sa mère l'invita à maigrir. Un vendeur de journaux circula entre les tables. Il faisait le clown, il hurlait les gros titres de ses journaux, il les inventait.

– *France-Soir, Paris-Presse, Le Monde* ! On n'a pas encore retrouvé le cinquième morceau de la femme coupée en quatre !...

Je n'ai pas oublié ses trouvailles, les titres fantaisistes qu'il claironnait d'un bout à l'autre du port. Le cinquième morceau d'une femme coupée en quatre ! C'était l'époque où *France-Soir* tirait à plus d'un million d'exemplaires.

Bernard acheta *France-Soir*, ouvrit la page spectacle, en parcourut les titres et reposa l'exemplaire sans plus s'en soucier. Qu'espérait-il y trouver ? Un reportage sur Lynn Davenport ? Le débarquement de la chanteuse à l'aéroport de Nice-Côte d'Azur ? Ou bien des confidences qu'elle aurait lâchées à un journaliste venu l'interviewer dans sa chambre d'hôtel ? A propos, où logeait-elle avec Virginia ? Bernard du Perray finit son whisky. Je me demandai s'il allait en commander un autre.

– Don't drink too much, honey ! l'avertit Lynn Davenport, dont la sobriété n'était pas non plus le fort.

Bernard du Perray me regarda cette fois avec beaucoup plus d'indulgence. Il semblait lire dans mes pensées. Étais-je si transparent, si dénué de mystère ?

– Nous logeons au golf-hôtel de Valescure, l'affaire d'une demi-heure en voiture, dit-il, mais pour l'instant si nous dînions, qu'en dites-vous, les filles ?

Les filles ne dirent rien, elles n'avaient pas compris.

Bernard se tourna vers moi.

– Tu connais une bonne adresse, l'endroit chic et qui ferait plaisir à ces dames ? Les restaurants ici changent d'une année sur l'autre.

Possible, mais je n'allais jamais au restaurant, à Saint-Tropez ou ailleurs. Un luxe dont mes parents se privaient. Sauf quand on faisait une étape entre La Nartelle et Paris. Mais pour m'être souvenu de conversations sur la plage entre des adultes, je répondis avec l'aplomb un peu tourneboulé de celui qui a bu deux ice cream :

– La Belle Isnarde, rue Allard, c'est pas mal.

– Va pour La Belle Isnarde !

On se leva. On y alla. Virginia pesta contre son pantalon décidément trop étroit. Saint-Tropez se dépeuplait de ses visiteurs du jour. Place aux noctambules. Saint-Tropez prit un coup de vieux. Les femmes y paraissaient maintenant plus bronzées, plus maquillées, plus émouvantes. Des lumières filtraient des coursives et des hublots des yachts au mouillage. Tout respirait la richesse, l'insouciance, les vacances, l'aventure.

En route vers La Belle Isnarde. J'ouvris la marche.

Je ne pensais plus à mon père, à ses années de pension, ni aux circonstances de sa rencontre avec Bernard du Perray, je ne pensais plus à grand-chose, je savourais l'instant, je me dédoublais, je ne songeais plus à m'étonner de rien, ce n'était pas moi, c'était un autre qui montrait la voie vers La Belle Isnarde. Et s'il n'y avait plus de place à La Belle Isnarde ?

Le maître d'hôtel eut l'air désolé en effet, tout était réservé, mais Bernard du Perray lui glissa un billet dans la main et il nous installa à une table ronde près de la fenêtre sur la rue Allard. Lynn Davenport ne fit aucun commentaire.

On commanda tous la même chose : soupe de poisson, daurade grillée et tarte au citron. Les bouteilles de rosé se succédèrent sur la table. Lynn Davenport y prit goût. J'appréciais aussi le rosé. Comme Virginia. On s'exprimait en français et en anglais. Je ne sais plus. J'étais dédoublé. Peut-être que je voyais double. Virginia me fit du pied. Elle avait retiré ses sandales. Et le pouce de son pied, et ses doigts de pied farfouillaient contre ma cheville. Pour le reste, elle m'ignorait. Sa mère ne la surveillait pas trop. Le rosé la sollicitait. Je pensai aux propos de Bernard du Perray sur Virginia et les jeunes Américaines qui sont des allumeuses. Il avait sans doute raison. Et je ne me souciais plus du goût de la soupe de poisson, avec la rouille et les croûtons. Il y avait Virginia, ses pieds nus contre les miens...

De nouveau la rue Allard. On se remit en marche sans savoir où aller. Virginia avait renfilé ses sandales. Elle me prit par la taille. Je posai la main sur son épaule. On devait être assez mignons tous les deux. On resta un moment silencieux. Bernard et Lynn étaient devant nous. Il y avait encore du monde sur le port. Des Vespas qui pétaradaient. Et des voitures, des DS de bourgeois, des Aston Martin de frimeurs, des MG qui roulaient les mécaniques. Mais nous avions notre Triumph garée un peu plus loin. On pouvait traiter d'égal à égal avec le reste du monde. Braver les dieux. Ou attaquer la citadelle.

Puis Virginia se plaignit devant moi que son pantalon la comprimait et l'étouffait Je n'aurais pas dû manger tant, se lamenta-t-elle. Elle avait parlé enfin. Elle m'avait pris par la taille, mais ses propos n'étaient guère romantiques : elle déplorait les ballonnements le son ventre.

On rattrapa les adultes. Et je lançai un mot qui me vint à l'esprit, sans en mesurer les conséquences :

– Chez Palmyre.

– Pardon ? me dit Bernard du Perray avec effort.

– Une boîte de nuit. A La Nartelle, sur la plage, on ne parle que du galop tropézien dansé Chez Palmyre.

– Ah ! oui, approuva-t-il.

J'évitai de préciser que le patron de Chez Palmyre était l'ancien gérant de l'épicerie du bord de route, au bas du domaine, près de l'hôtel de La Reine-Jeanne. Ça n'aurait pas fait très chic.

– Tu es notre guide, ajouta Bernard du Perray avec résignation.

Bien entendu, je n'avais jamais été chez Palmyre. Je n'allais jamais dans des boîtes de nuit. Mais cette nuit était une autre nuit. Et je pensais que Chez Palmyre devait se situer tout en haut de Saint-Tropez, en lisière des jardins qui bordent la citadelle.

La montée se révéla périlleuse. Mais le pantalon de Virginia résista. Lynn Davenport semblait la plus vaillante. On aurait dit qu'elle savait où aller. Les ivrognes trouvent toujours leur chemin. Elle n'avait même pas besoin de moi qui ne souffrais plus d'aucune inhibition. Ce soir, tout était possible.

Mon père avait-il éprouvé cette même sensation quand il était détenu à Clairvaux en compagnie de Bernard du Perray ? Cette liberté de penser ou d'oser, cette camaraderie, cette certitude que l'on pouvait partir à l'assaut du monde ou de Chez Palmyre, ce sentiment de n'être retenu par rien, de faire fi des conformismes et du qu'en-dira-t-on ? Bernard du Perray, oui, était parti à l'assaut du monde, il s'était engagé comme volontaire sur le front de l'Est contre les bolcheviques. Il avait été un crétin, m'avait-il dit. Et je savais qu'il s'agissait là de quelque chose de plus grave qu'une simple crétinerie. Il avait combattu sous l'uniforme allemand. Mais, à l'époque, je n'étais pas pressé de juger, je n'étais pas précoce, je n'examinais encore rien, la politique et ses idées générales me paraissaient vaines, les détails me frappaient davantage. Toutefois cet engagement contre les bolcheviques qui étaient les alliés des Américains, je savais que c'était le mauvais camp. Celui des traîtres. J'avais vu assez de films, lu assez de livres pour m'en persuader. Hitler, c'était le diable. Et les Américains les « good guys ». On ne ralliait pas le camp du diable. Voilà pour les idées générales. Mais, d'un autre côté, il y avait l'aventure, la Poméranie, les destins individuels, les communistes qui n'étaient pas trop recommandables, me répétait-on, il y avait

Bernard du Perray qui était bien réel. Et toutes les idées générales devenaient plus douteuses, sauf ce sentiment de liberté et d'intrépidité que cet homme me procurait alors que j'avais ou n'avais pas dix-sept ans et que je montais à l'assaut de Chez Palmyre...

Mais ce que j'avais envisagé à l'instant était idiot. Pour mon père en pension avec Bernard du Perray, il n'y avait pas d'aventures qui tenaient, pas d'assauts dans la steppe contre l'Armée rouge, pas de fossés antichars, de mitrailleuses lourdes à transbahuter, de Panzerfaust à brandir et pas encore de conquête de Chez Palmyre. En pension, on ne s'aventurait nulle part, on attendait simplement la fin de sa peine. L'aventure rime avec la joie, pas avec la peine. A moins que l'ancien engagé de la LVF qu'était Bernard du Perray n'eût enchanté ses codétenus des récits de ses exploits et peut-être de ses mensonges.

Chez Palmyre, enfin !

On aurait dit une grande étable au plafond piqueté de lampions multicolores. Y pénétrait qui voulait. J'aurais voulu des gorilles ou des gardes du corps à l'entrée. Le côté patte blanche. Avec Bernard du Perray, les portes se seraient ouvertes. En guise de patte blanche, il avait ce qu'il fallait : Hollywood, Kim Novak, Las Vegas et Tam-Tam. Mais quel honneur, monsieur du Perray, nous allons vous conduire à votre table ! Et je l'aurais suivi, fier comme pas deux. Mais non, rien. Derrière nous, se dressaient les jardins de la citadelle. Un vague croissant de lune pour le décor. La découpe des pins parasols. Avec des rires, des plaisanteries, des appels, des chuchotements sous les arbres. Et devant, il y avait Chez Palmyre où l'on ne se donnait même pas la peine d'entrer, si l'on veut, puisqu'il y avait aussi des tables dehors. Les gens buvaient et s'interpellaient. Des chemises hawaiiennes. Des femmes qui attendaient. Et au fond de la grange une sono qui hurlait les rengaines de l'été. Des couples charlestonaient sur le sol pavé de tomettes. Dans un coin il y avait une grande table de ferme où l'on servait aussi à boire. Bernard du Perray enjamba le banc, s'accouda à la table et commanda des gin tonic sans nous demander notre avis. Il n'était plus en mesure de finasser. Il nous considérait comme des adultes. Ou il n'était plus en état de rien considérer du tout. Plus maigre, plus flasque que jamais. Le regard éteint, qui cherchait une occasion pour s'éveiller, dénicher de l'espoir, de la surprise, mais non, rien !

La musique de plus en plus persuasive l'obligea à se lever. Lynn Davenport dansait très bien. Et elle se mit à chanter. En même temps que la sono. *Fever*. La chanteuse Peggy Lee était enfoncée. Lynn Davenport couvrit sa voix. Et quand ce fut fini, il y eut même des danseurs qui l'applaudirent. Elle s'amusait, Lynn Davenport. Elle trouvait un public. Un inconnu l'invita à danser. Lui raconta-t-elle qu'elle était chanteuse de métier, qu'elle se produisait au Blue Lagoon à Las Vegas ?

– What ? You don't know The Blue Lagoon ?

Je la vis se reculer, dévisager son danseur et rire. Bernard du Perray s'en fichait qu'elle dansât avec d'autres types. Il préférait son gin tonic. Il se passa le doigt dans le col de son polo. Qu'est-ce qu'il buvait quand il combattait sur le front russe ? Du schnaps, de la vodka ? Et qu'est-ce qu'il fumait à part les Macedonia que lui avait refilées un chasseur alpin italien ?

Virginia aussi voulut danser. Je l'invitai. Je n'avais pas le choix. J'étais un danseur calamiteux. Par chance son pantalon la serrait. Elle ne prit pas le risque de se déchaîner. Restaient les slows. Je savais danser les slows. Il n'y a pas besoin de savoir. Juste un balancement d'un pied sur l'autre, on respire, on soupire et en général ça commence comme ça. Avec Virginia, ça avait déjà commencé. Les slows ! Serrés l'un contre l'autre. Je ne restai pas impassible. Je n'avais pas honte, je n'avais plus honte de rien. Ni peur. Nos mains entremêlées. Elle me chuchota des mots à l'oreille, à peine articulés, en américain, je ne compris pas mais je m'en fichai, j'aimai le souffle de sa voix, cette petite brise tiède et humide qui sortait de ses lèvres contre mon oreille, juste cette petite brise tiède, le comble du bonheur.

Lynn se remit à chanter. Elle ne chercha plus à couvrir la voix de Peggy Lee, mais celle d'Elvis Presley. *Blu-ue Moon...*

Virginia s'approcha d'elle.

– Mum, please !

Mais il n'y avait plus de mum qui tienne. Lynn Davenport chantait à tue-tête. Elle se croyait à Las Vegas. Elle était une star. Les stars n'ont pas de filles, elles sont jeunes, uniques, éternelles. Lynn Davenport brillait de toutes ses illusions. Virginia n'insista pas et revint avec moi vers le bout de la table. D'un trait, elle avala son gin tonic.

- Ton père, c'était un chic type, parvint à articuler Bernard du Perray.

Il se faisait comprendre malgré les conversations, les rires, la foule, la sono, Elvis Presley et Lynn Davenport. Ça me gêna un peu qu'il parlât ainsi de mon père. Il continua d'articuler, de hurler :

– Il nous... il nous entretenait de la marquise de Sévigné, tu te rends compte, Peter, de la marquise de Sévigné !

Il laissa échapper un rire satisfait, désolé. Un nouveau gin tonic. Il plongeait dans sa nostalgie. Moi, je ne voulais pas plonger avec lui. Mon père n'avait rien à voir avec Lynn Davenport, avec Chez Palmyre, les gin tonic qui se succédaient et Elvis Presley dont je pense qu'il ne connaissait pas le nom. Je voulais que Bernard du Perray se tût. Virginia devina ma gêne. Elle était formidable, Virginia. Elle comprenait. Elle aussi était embarrassée. Sa mère qui s'affichait.

– Come on !

Elle se leva, me prit la main. Pour respirer. Dans les jardins de la citadelle. A l'écart de Chez Palmyre.

Nous empruntâmes une allée qui montait vers la citadelle et ses fossés. L'éclat de la lune tapait sur la tête. Comme le gin tonic. Virginia cherchait son chemin sur le sol caillouteux. Elle éclata de rire. Je ris moi aussi et ne savais pas pourquoi. Chez Palmyre s'éloignait avec Lynn Davenport qui se donnait en spectacle et Bernard du Perray qui me parlait de mon père et de la marquise de Sévigné. Virginia trébucha. Son pantalon craqua. Elle jura et elle fut prise de fou rire. Je m'approchai d'elle. Je la consolai. On entrait dans la comédie. Ou dans la perte de l'innocence. Mais Virginia n'était déjà plus si innocente que ça. Bernard du Perray s'était trompé sur son compte. Ou plutôt non, il ne s'était pas trompé. Elle n'était pas innocente. Mais pas imprudente non plus. Une jeune Américaine fort avisée. On ne fit pas l'amour. On s'en approcha de très près. C'est moi qui restais innocent...

Une demi-heure ou une heure plus tard, comment pourrais-je le savoir, nous regagnâmes la grande salle de Chez Palmyre. Virginia était un peu plus rouge. Avec son pantalon déchiré à la couture. Moi, je devais être un peu plus pâle, pour autant que je sache ce que j'étais. Chez Palmyre, entre-temps, il ne s'était rien passé. Comme si Virginia et moi avions traversé une éternité et eux rien du tout Nous reprîmes notre place à la grande table. Lynn Davenport continuait de danser et Bernard du Perray de méditer devant un gin tonic. Inexpressif, il nous regarda nous asseoir à côté de lui. Avec délicatesse, il retira une aiguille de pin de la chevelure de Virginia puis se tourna vers moi :

– Nous rêvions de Mme de Sévigné. Ton père nous faisait rêver de Mme de Sévigné et, ça, il fallait le faire, il fallait nous faire rêver, une question de survie, et je pense que tu es désormais assez adulte pour comprendre ça, Peter ?

– Oui.

– A propos, nous étions trois dans chaque cellule, trois, sans compter Tamerlan le chat qui nous rendait visite. Tu comprends, Peter ? Tamerlan, les grands espaces, il y avait droit, Tamerlan. Je dis bien Tamerlan et pas Tam-Tam...

Bernard du Perray s'exprimait avec de plus en plus de lenteur et de prudence, il poursuivait ses idées fixes, n'importe quelles idées fixes, mais il les poursuivait avec une obstination qu'il aurait été imprudent de contrarier.

– Sans ton père, je n'aurais jamais eu l'idée de rêver de Mme de Sévigné, je n'aurais rêvé de rien et, dis-moi, Peter, qu'est-ce que je serais devenu là-bas si je n'avais rien eu à rêver, hein, dis-le-moi ?

Je n'avais rien à lui dire. Virginia non plus. Elle noua autour de sa taille sa veste de lin beige pour cacher la déchirure béante de son pantalon. Son tricot de coton blanc un peu sali de terre se soulevait avec sa respiration. Étais-je tombé amoureux de Virginia dans les jardins de la citadelle ? Et elle de moi ? Je me dis que ce qui m'arrivait était une aventure au sens accidentel ou littéral du terme : la force du destin. Cela ne pourrait donc jamais se reproduire. Demain, je me réveillerais, demain tout redeviendrait comme avant, je serais de nouveau englué dans l'ordinaire, le répétitif, ce que je contrôlais et ce qui m'ennuyait. Demain, il ne se passerait plus rien. Ça serait trop beau, n'est-ce pas, une aventure qui se prolongeât plusieurs jours, une semaine, une vie. Je n'étais pas de cette espèce. Je n'étais pas un aventurier.

Mais Bernard du Perray était-il un pur aventurier, un conquérant ? Il parlait avec tant de difficultés, seul au bout de la grande table de Chez Palmyre, alors que Lynn Davenport demeurait invisible sur la piste de danse.

– Je crois qu'il est temps de rentrer, dit-il encore.

Je n'avais aucune idée sur ce qu'il était temps de faire ou ne pas faire. Je regardai Virginia. Elle paraissait si absente. Elle chassa la terre et la poussière de son pantalon. Une autre Virginia. Est-ce que j'avais imaginé tout ce qui s'était passé dans les jardins de la citadelle ? Ou ce qui ne s'était pas passé. Elle m'avait repoussé au dernier moment. Plus prudente que moi. Ou plus habituée. Catégorique dans la gymnastique de l'amour, comme au ping-pong. Et maintenant, elle semblait encore plus catégorique. L'amour n'était-il qu'un exercice catégorique ? Je ne comprenais rien à Virginia. Je crus avec raison que je ne comprendrais jamais rien aux femmes.

Bernard du Perray n'avait pas l'air d'y comprendre grand-chose non plus. Il fit un signe à Lynn Davenport qui s'approcha de nous avec son danseur du moment, un Américain en chemise à fleurs. Elle ne jeta pas un regard à sa fille, à son pantalon déchiré et à la terre qui la salissait. Elle s'entretint avec Bernard du Perray et j'étais bien trop épuisé pour surprendre et comprendre leur conversation. La chemise à fleurs ne bougeait pas derrière elle. A la fin, Bernard du Perray dit :

– OK.

Et elle :

– See you tomorrow, honey !

Elle s'éloigna avec la chemise à fleurs.

Et Virginia qui avait suivi la scène ne manifesta aucune surprise, elle se pencha et épousseta de nouveau son pantalon, elle cadenassait ses pensées, ses chagrins, ses peurs, ses joies et ses déceptions. C'était effrayant. A moins qu'elle ne fût dépourvue de pensées, de chagrins, de peurs, de joies et de déceptions, en un mot d'imagination. Et ça aurait été plus effrayant encore.

Un serveur de Chez Palmyre s'approcha. Bernard du Perray régla sa note. Elle était astronomique, comme aurait pu dire ma mère. Plus encore qu'à L'Esquinade. Il fallait mériter Chez Palmyre d'une manière ou d'une autre. Et il empocha la monnaie de la main droite avec une désinvolture chorégraphique, poignet plié, coude au corps, le bras qui se met ensuite à sinuer jusqu'au moment où sa main plonge dans la poche et qu'on n'en parle plus ! Je sus que je n'oublierais jamais ce geste glorieux avec lequel, ce soir-là, Bernard du Perray s'imposait comme l'homme à la Triumph, l'ami de Kim Novak, l'aventurier.

Lynn resta avec son danseur. Nous regagnâmes tous les trois le parking près de la gendarmerie. Virginia me prit la main. Elle n'avait donc pas tout oublié ! Tant de douceur et d'intimité ! Je ne croyais pas que c'était possible. A ce point-là. Bernard du Perray nous suivait. Virginia et moi lui montrions le chemin. Je n'avais aucune idée de l'heure. Trois ou quatre heures du matin ? Cela n'avait aucune importance. Mes parents ne s'inquiétaient pas de moi. Ils me laissaient libre. Il m'arrivait de rester une nuit sans dormir. Pour voir. Une expérience. Je lisais. Je prenais un bain de minuit. J'allais en Solex à l'aube jusqu'à Saint-Tropez pour avaler un café et un croissant au Gorille. Il était à peine six heures. Puis je gagnais les hauteurs du Plan-de-la-Tour, je retrouvais des amis dans leur grande demeure familiale pour un second petit déjeuner...

D'autorité, Virginia s'installa devant, dans la Triumph, à la place de sa mère. J'aurais voulu m'asseoir tout contre elle, on se serait serrés, mais elle ne voulut pas, c'était un siège baquet. Je me résignai à la banquette arrière, j'étendis mes jambes, loin de Virginia.

Bernard conduisit avec la lenteur des ivrognes quand ils ne sont pas suicidaires. Le vent me rafraîchit le visage. Les phares jaunes m'aveuglaient. Les pneus de la Triumph ne crissaient plus. La lune tira un trait en zigzag sur l'eau. Les pins parasols semblaient de profil comme jamais. Je me dégrisais. Je voulus dire quelque chose à Virginia, mais je ne trouvai rien. J'avais des excuses. Comment savoir à quelle Virginia j'avais affaire ? J'imaginai le corps de Virginia. Ce que j'avais pu en apercevoir. Des fragments de corps dans la nuit de la citadelle. C'était affreux, j'avais déjà oublié le corps de Virginia. Je l'imaginais. Non, ce n'était pas affreux du tout de l'imaginer, c'était beaucoup mieux.

Devant l'usine de torpilles, Bernard du Perray freina avec brutalité et s'arrêta. Il courut vomir dans un fossé. J'entendis les spasmes et les haut-le-cœur qui l'agitaient. Son ombre se découpait devant les barbelés de l'usine. Le prestige de Bernard du Perray s'effondrait. Il roulait à cinquante à l'heure. Sa maîtresse le plaquait pour une chemise à fleurs. Il ne supportait pas l'alcool. Virginia aussi devait le considérer comme un pauvre type. Il vomit tout ce qu'il savait. Lui, l'ami de mon père et qui auréolait ses années de pension ! Pour un peu, j'aurais eu envie de vomir à mon tour. Je me retins. Virginia s'accouda à la portière. Pensive. Qu'est-ce que je pouvais dire à Virginia ?

– You know something, Virginia ?

Elle se tourna vers moi. Un lampadaire jeta sur son visage une lumière cruelle. Elle n'avait pas l'air bienveillant, elle avait l'air épuisé. Est-ce que je reverrais Virginia ? Elle m'avait donné tout à l'heure, au restaurant de La Belle Isnarde, son adresse en Californie, mais ça me faisait une belle jambe son adresse en Californie !

– What ?

– I think I love you.

Elle ne me laissa pas finir. Elle me sourit du plus loin de son épuisement, de sa grande connaissance du monde et de sa place à l'avant dans la Triumph.

– Please !

Elle me passa un doigt sur les lèvres et elle sifflota *Red sails in the sunset* sur le rythme de Tab Hunter. Elle s'efforçait de ne pas entendre les râles et les spasmes de l'ami de sa mère, contre la clôture de l'usine de torpilles.

Cette nuit était une joie et une débâcle.

Virginia se retourna. Elle s'accouda de nouveau à la portière et elle siffla.

Bernard du Perray allait me reconduire à La Nartelle. Je lui demanderais de me laisser au bas du domaine. La marche me dégriserait. J'espérais revoir Virginia. Je n'en étais pas sûr du tout. Mon père devait dormir innocemment dans sa chambre. Il avait été autrefois le camarade de pension de Bernard du Perray. Comment était-ce possible ? J'étais toujours vierge. Virginia aussi sans doute. Mais j'étais peut-être un peu moins innocent. Et mon initiateur avait été Bernard du Perray. Il avait levé un coin du voile. Sur la grande vie, l'amour, ses mensonges et ses déceptions. Sur son passé et celui de mon père. Même si je ne comprenais toujours rien.

Un vieux numéro de *Je suis partout*

décembre 1998

Ma mère a survécu deux ans à la mort de mon père. Et pendant ces deux ans, elle n'a plus parlé de lui. Elle n'a plus parlé du tout. Sa surdité était devenue presque totale. Du coup, elle a perdu l'habitude de s'exprimer. Elle se faisait comprendre par gestes. Parfois, elle parvenait à dire : oui, non, ou encore : je veux... mais ça s'arrêtait là. Elle ne trouvait pas le mot suivant. Énoncer ce qu'elle voulait était désormais au-dessus de ses forces. Elle n'avait plus de force. Il fallait la porter de son fauteuil au lit et du lit au fauteuil. Assise devant la fenêtre, un plaid sur les genoux car elle avait toujours froid, elle regardait dehors. Les voitures se succédaient sur la voie sur berge. Et les bateaux-mouches sur la Seine. Chaque bateau-mouche la comblait d'aise. Elle se tournait vers moi, vers Henriette ou vers la garde-malade qui veillait sur elle. Regardez ! Quelle surprise, quelle merveille ! Voilà ce qu'elle voulait nous dire. Les bateaux-mouches étaient devenus notre sujet de conversation ou d'unique complicité. On communiquait par bateaux-mouches interposés. Se souvenait-elle qu'elle avait été mariée ? Ma mère avait toujours manifesté cette admirable aptitude à nier ce qui l'importunait ou à rendre la réalité conforme à ses désirs. Elle voulait être heureuse par tous les moyens. Elle aussi effaçait de sa mémoire les années d'incarcération de mon père. Ou alors elle évoquait ses épreuves à demi-mot. Pour elle, mon père était un martyr. A tout le moins la victime d'une injustice. Cette représentation était rassurante. Ma mère y tenait. Elle tenait tellement à être rassurée ! Chaque fois que j'allais publier un livre, elle ne cachait pas ses inquiétudes. Elle craignait de ma part impudeurs et indiscrétions. Et si je m'avisais de parler d'elle et de mon père ? De tisonner le passé, de réveiller des flammes et des brûlures ? De démasquer ses illusions ? Elle ne voulait pas être malheureuse. Et moi de mon côté je la comprenais. Je respectais l'échafaudage de ses représentations. Je m'étais promis de ne rien publier sur elle et sur mon père de leur vivant. Leur présence m'intimidait. Même ma mère assise dans son fauteuil, le plaid sur les genoux, qui ne pouvait plus parler, qui lisait les titres de la première page du *Figaro* qu'elle ne comprenait guère, qui n'entendait plus les mots que je hurlais contre sa « bonne » oreille, même elle, oui, dans son état, m'interdisait d'écrire sur elle, tout comme elle s'interdisait elle-même d'évoquer mon père et de se souvenir qu'elle avait été mariée et avait vécu auprès de lui quai de Béthune plus de soixante-deux ans.

Ma mère s'approchait de la mort. Elle m'attribuait parfois le prénom de son plus jeune frère. Dans ses moments de détresse, elle appelait sa mère à son secours. Elle ne voulait plus se nourrir. Ni boire. Sa peau devenait transparente sur ses bras et ses jambes. Elle pesait à peine trente kilos. On ne pouvait la contraindre à se nourrir. Elle n'en avait plus le désir. En fait, elle n'avait plus de désir du tout. Seules des perfusions permettaient de temps à autre de la réhydrater. Mais je ne crois pas que ma mère était suicidaire. Du moins, elle ne le disait pas. Il faut de l'énergie et de la lucidité pour se suicider. On se suicide quand on ne parvient plus à se mentir. Ma mère témoignait encore de cette forme de vitalité que manifeste l'art de se mentir à soi-même. Mon père n'était pas mort. Il n'avait jamais existé. Elle s'enchantait des bateaux-mouches. Pour le reste, elle se laissait dériver. Et je ne pouvais que l'accompagner avec toute la discrétion et la tendresse possibles. Non, je n'allais pas entreprendre d'écrire sur elle. Et de mettre à bas ses oublis, les béquilles qui l'avaient aidée à tenir et à être heureuse. Si elle avait pu lire en effet par-dessus mon épaule ? Ou deviner ce que j'écrivais ? Peut-être qu'à la veille de sa mort, quand on ne pèse plus que trente kilos, que l'on a cessé d'être un corps avec ses appétits, alors on devient omniscient, on ressent ces vibrations qui percent le brouillard de ses propres illusions, et il ne sert à rien de tricher, de biaiser, de parler. Ma mère qui me montrait les bateaux-mouches aurait su que j'écrivais sur elle, à mon bureau, à l'étage au-dessus, dès que je la quittais. Un fils écrivain ! Jusque-là, je l'avais à peu près tranquillisée. Et je voulais continuer jusqu'à sa mort.

Ma mère est morte le 8 décembre. Les jours qui précédèrent, sa vitalité l'abandonna tout à fait. Elle n'avait plus l'énergie de repousser les gardes-malades quand elles l'aidaient à faire sa toilette. Elle trouvait juste assez de ressources pour leur sourire quand elles l'embrassaient, l'aidaient à se coucher. Elle ne voulait plus que rester couchée. Et ce sourire était devenu pour toujours un sourire d'enfance. Ses vêtements masquaient son corps semblable à un squelette. Elle n'était plus qu'un visage. Et ce visage était un visage d'enfance. De jeune fille peut-être. Les proches de ma mère avaient toujours souligné son charme, sa gaieté, sa jeunesse si contagieuse. J'avais su apprécier de mon côté ses traits menus, l'éclat de son regard et de son rire, mais je n'étais pas parvenu à trouver pour autant ma mère séduisante. Ce n'est pas là le rôle d'un fils. Il me fallut attendre l'approche de sa mort – une mort que je savais désormais imminente – pour que je découvrisse enfin le charme de ma mère. Peut-être parce qu'elle me devenait pour la première fois étrangère. Ou alors parce que je m'habituais à devoir la quitter, que j'étais déjà orphelin d'âme. Je l'observais de loin. Avec un amour désolé. Comme elle était belle en effet ! Son petit nez, ses yeux clairs, son sourire qui traversait ces silences précédant l'adieu à la vie. Enfin, je parvenais à l'imaginer telle qu'elle avait dû être autrefois, quand elle avait moins de trente ans et qu'elle avait séduit mon père, ce grand garçon, ce fils unique de vingt-six ans élevé par une mère à la forte personnalité, et qui venait de voir ses deux parents mourir à quelques semaines d'intervalle.

Un soir, elle est parvenue à nous dire avec une conviction inhabituelle : je veux... Henriette lui a tendu un mouchoir. Non, ce n'était pas un mouchoir qu'elle voulait. Un verre d'eau. Ce n'était pas un verre d'eau. Un tricot parce qu'elle avait froid. Non, pour une fois, elle ne se plaignait pas du froid. Je veux... Et nous nous sommes demandé, Henriette et moi, si, pour la première fois, elle ne voulait pas nous dire : je veux mourir. Elle paraissait si jeune. Si séduisante. Elle basculait de l'autre côté. Je n'étais plus son fils. Je comprenais la séduction qu'elle avait exercée sur mon père. J'étais à la place de mon père. Pour la première fois, ma mère semblait nous dire : je veux mourir, je me moque d'être heureuse, je ne tiens plus à mes représentations, je n'ai plus rien à redouter, aucune indiscrétion, je n'ai rien à cacher, aucune bienséance. Ma mère avait cessé de lutter, de prétendre qu'elle était encore en vie et que tout allait bien. Sa respiration s'était apaisée. Henriette avait fait venir le médecin parce que ma mère avait manifesté auparavant une gêne respiratoire, que ses poumons étaient encombrés. Le médecin l'a auscultée puis nous a dit que c'était la fin, qu'elle avait encore une dizaine de minutes à vivre peut-être, il a quitté la chambre et a attendu dans la salle à manger. Henriette et moi sommes restés à son chevet. Je lui tenais la main. Elle respirait comme une petite fille. Un filet d'air, et qui ne suffisait plus à l'oxygéner. Elle basculait avec douceur vers le sommeil, l'enfance, l'inconscience et ce moment béni qui précède sa propre naissance.

Ma mère allait mourir. Tout semblait si léger, si serein. Même les chagrins. Il faut du temps pour être triste. La profondeur de la tristesse. Pour s'habituer à sa solitude. Il n'était pas encore question de ce chagrin-là. Ma mère allait mourir. Ma mère expirait. Nous aussi, nous retenions notre souffle. Je me demande si je n'enviais pas ma mère. Elle me laissait me débrouiller avec la vie, les paroles, les souvenirs, les mensonges. Elle ne faisait plus peser sur moi aucune barrière. Ma mère est morte. Je n'ai pas su à quelle seconde de quelle minute elle est morte. Comme une porte entrebâillée. Et puis voilà, elle avait cessé de vivre. A moi de jouer. Je n'avais pas envie de jouer.

Après le tourbillon des formalités et des condoléances, je restai seul en compagnie d'Henriette quai de Béthune. A trier les cendres, les dossiers, les vieux papiers, les tiroirs qui n'avaient pas été ouverts depuis des décennies, les rayonnages si hauts qu'il fallait un escabeau pour y accéder et les cartons à chapeaux qui contenaient des chapeaux, des dentelles gaufrées de poussière ou qui ne contenaient plus rien. Ma famille habitait là depuis le début du siècle. Mon père était né dans la chambre même où ma mère venait de s'éteindre

Même si je ne le désirais pas, j'y étais contraint : je fouillais, rangeais, nettoyais, je tisonnais le passé, la vie de mon père et de ma mère. Ou, plus exactement, les traces de leur vie. Tout ce qui était irréfutable et en même temps énigmatique. Non pas des correspondances amoureuses entre eux ! Ils avaient été bien trop pudiques ou trop avisés pour laisser traîner des lettres, des confidences, des émotions. Mais des sédiments plus modestes : livres de recettes, papiers administratifs, menus de fête, cartes postales, bulletins scolaires, vieux agendas, factures, le cahier où ma mère notait ses gains et ses pertes quand elle jouait au bridge ou le gros calepin relié de cuir où mon père avait noté de juin 1927 à octobre 1993 tous les livres qu'il avait lus.

Je ne parle pas bien entendu des albums de photos, des vieux albums de famille dont je connaissais la place, que j'avais si souvent consultés, qui m'avaient permis d'imaginer un peu leur vie, de situer le décor de leurs aventures et de leurs voyages. Je pense à ces clichés d'un voyage de mon père en Allemagne durant l'été 1935. Il avait été envoyé en reportage par *Le Petit Parisien*. Je le reconnaissais sur un quai de gare, entouré d'officiels du régime, avec des croix gammées qui flottaient au-dessus de leurs têtes. Ou bien visitant des chantiers de jeunesse. Reçu par des notables, des membres du parti nazi. Il retrouvait l'Allemagne qu'il avait tant aimée quand il était étudiant, quand il avait pu échapper pour la première fois à la tutelle de sa mère. C'était en 1927 ou 28. Il n'était pas encore question du chancelier Hitler. Mon père avait découvert cette année-là l'université de Heidelberg, la liberté, l'intimité de jeunes étudiantes. Ma grand-mère avait été professeur d'anglais et avait élevé son fils dans le culte du monde anglo-saxon. Il ne demandait pour une fois qu'à se laisser séduire par le romantisme allemand. Ou qu'à affirmer sa liberté et à être heureux. Je ne parle pas par intuition. Je le sais. J'ai vécu à mon tour à Heidelberg, un long mois de juillet, quand j'étais lycéen. Et je logeais chez une amie de mon père, l'une de ses anciennes camarades de l'université de

Heidelberg qui avait des enfants de mon âge. Elle m'avait parlé de lui, de son charme, de sa culture, de son enthousiasme. Elle l'évoquait avec une émotion non feinte, et il était difficile de savoir si c'était l'émotion liée aux regrets d'une jeunesse déjà lointaine, avant les cauchemars de l'Histoire, ou bien l'émotion plus intime d'un amour passé, d'un flirt insouciant dont elle préservait et cajolait le souvenir. Mais les photos de 1935, c'était une autre affaire. Les croix gammées. Les uniformes hitlériens. L'annonce d'un cauchemar.

De ce dernier voyage, je n'avais pas beaucoup parlé avec lui. Ni des années de guerre et d'occupation. Ni *a fortiori* de ses années de pension. Encore une fois, il ne m'interdisait pas de tels sujets. Il n'y avait pas là l'un de ces secrets honteux sur lesquels le silence retombe, et qui fermentent et empestent dans le huis clos familial. Mon père ne reniait rien. Ma mère écoutait mon père. Elle ne se hasardait pas à parler politique devant lui. Très vite, il la remettait à sa place. C'était bien là, avec l'art et la littérature, l'un des domaines où il faisait preuve d'un peu d'autorité. Elle n'insistait pas. Elle tenait ailleurs ses revanches. Non, simplement, je crois que c'est moi qui ne voulais pas trop savoir, qui ne cherchais pas à engager la conversation sur des domaines qui n'étaient pas les miens, sur des époques où j'avais peur de m'ériger en juge. Du présent non plus, nous ne parlions guère. A quoi bon ? Je sais bien que nous ne votions pas pour les mêmes candidats, les mêmes listes, les mêmes partis. Mais je ne parvenais pas à mettre de la passion dans mes choix ou mes préférences politiques. Mon père n'avait jamais tenu devant moi des discours fascistes, racistes ou totalitaires. Pourquoi les aurait-il tenus du reste ? Il détestait de Gaulle, mais il était par ailleurs un homme de droite, paisiblement et sûrement de droite. Un rêveur et un conservateur. Il voulait conserver lui aussi le passé. Ou l'imaginer. Le présent l'effrayait. Comme le désordre. Il ne voulait rien changer. Surtout pas. Non, conserver, c'était déjà très bien. Il avait été pétainiste de résignation plus que de conviction. Il n'aspirait surtout pas à des ordres nouveaux. Pétain à ses yeux conservait ce qui pouvait encore être conservé dans la débâcle. Et lui-même préservait du même coup sa situation au *Petit Parisien*, son gagne-pain, l'intérêt de sa famille. A ses yeux, cela ne souffrait pas de discussion.

Tout de même, vers la fin de la guerre, mon père avait écrit deux ou trois articles dans *Je suis partout*, l'hebdomadaire fasciste et antisémite de Brasillach, Laubreaux, Cousteau et Rebatet. Je le savais. Il ne s'en était pas caché. Mais je ne lui avais jamais demandé de les lire, ces articles, pas plus que ceux du *Petit Parisien*. Il aurait peut-être été touché de cette demande, flatté de cette curiosité avant de redouter ma réaction. Je suis persuadé qu'il en avait gardé la recension quelque part. Il y avait tant de placards, tant de recoins dans l'appartement du quai de Béthune ! Ses articles devaient s'empoussiérer ici ou là. Mais c'est moi qui ne tenais pas à remuer cette poussière. Je n'aime pas la poussière, les cendres, ce qui se décompose, ces preuves bientôt indéchiffrables. Je préfère la lumière et les couleurs de l'imagination. Les années de guerre et d'occupation n'avaient pas été pour mon père de la poussière, du papier jauni et desséché, un monde d'archives sous une lumière de crépuscule. Non, il avait vécu ces années-là comme un tourbillon de drames, de joies, de banalités, de soucis quotidiens, de soirées au cinéma. A cette époque, il n'avait pas le temps de penser que *Le Petit Parisien* deviendrait du papier jauni.

On ne vit pas dans les archives. Je ne suis pas historien. Je n'aime pas les archives. Ni les jugements trop tardifs contre les hommes d'autres générations. Il existe des idées révoltantes. Je suis disposé à lutter contre ces idées ou ces idéologies, beaucoup plus volontiers que contre les hommes qui en furent les complices ou les dupes. En bref, je me méfie des procureurs adossés au confort intellectuel de leur époque. Le passé est toujours simple dès qu'on l'observe depuis un présent qui juge et dégage les ombres portées. Ce passé-là ne m'intéresse pas non plus. Comme écrivain ou romancier, je lui préfère l'urgence de l'instant vécu, l'incertitude, la conscience qui clignote et tâtonne dans les embarras, les aveuglements du moment. Voilà pourquoi j'avais laissé mon père seul avec son passé. Parce que ce passé ne serait jamais mon présent. Que je ne pourrais jamais lire *Le Petit Parisien* quand il paraissait en kiosque chaque matin. Et je n'avais pas envie de le lire aujourd'hui. L'odeur de la poussière fait parfois lever le cœur.

Mon père était mort. Ma mère venait de mourir. Moins que jamais, ils ne m'interdisaient de lire *Le Petit Parisien*. Ni de commenter cette lecture. J'en reviens à cette évidence. Aucune pression, aucune bienséance familiale n'agissait plus sur moi. Je pouvais désormais remuer toutes les archives, secouer toute la poussière que je voulais. Je n'avais plus d'alibis, je ne pouvais plus me retrancher derrière personne, je n'avais qu'à affronter mes seules pudeurs ou mes seules censures, comme on voudra. Et c'est dans les jours qui suivirent le décès de ma mère que j'ai découvert le numéro de *Je suis partout* daté du 14 juillet 1944. Il traînait, pour des raisons que je ne m'explique pas, au fond du tiroir de la table qui avait été autrefois celle de leur chambre dans la villa de La Nartelle.

L'article de mon père, « Les Balkans sous l'orage, choses vues en Europe centrale », occupait six colonnes en première page, à côté d'un éditorial de Claude Jeantet intitulé « Le destin de la France », d'un dessin de Ralph Soupault et d'un encadré, « Claude Maubourguet blessé en combattant », où l'on apprenait que cet ami milicien du journal avait été touché dans le maquis après avoir participé au « nettoyage du plateau des Glières », puis aux affrontements dans les Dombes contre « les bandes judéo-soviétiques ». Jeantet, Maubourguet, autant de noms qui me disaient quelque chose, de personnes que mon père avait peut-être revus après la guerre et qui étaient venus quai de Béthune...

Ce numéro de quatre pages était donc paru un mois et cinq jours avant ma naissance. Le reportage de mon père s'achevait au bas de la dernière page, sur huit colonnes. J'avais su qu'il avait été envoyé par *Le Petit Parisien* en Roumanie à cette époque. Avait-il redouté ce voyage qui n'était pas sans danger ? Ma mère enceinte avait dû forcément s'en inquiéter. Les bombardements alliés s'intensifiaient sur la France, l'Allemagne, l'Europe. Le débarquement en Normandie commençait. Mais mon père était curieux et peut-être même intrépide par inconscience. Il était obéissant aussi. Son rédacteur en chef l'envoyait en reportage. Il partait en reportage. Et il voyait ce qu'il devait voir. Je présume que Claude Jeantet qui officiait au *Petit Parisien* et à *Je suis partout* lui avait demandé de compléter, d'étoffer et de rendre plus polémique son reportage à l'intention des lecteurs du magazine. Mon père n'avait pas hésité. *Je suis partout* bénéficiait d'un immense prestige culturel à ses yeux. Qu'il soit antisémite, délateur et pronazi, cela n'avait pas dû peser en regard de son prestige culturel.

Ce numéro retrouvé était gluant de poussière. Il collait aux doigts. Je ne pouvais m'en détacher. Comme si j'étais forcé de le lire, de me confronter à ce sentiment d'accablement, de dérision, de malaise et surtout d'*étrangeté* qu'il dégageait. « Les bandes judéo-soviétiques » pour désigner la Résistance et la suite. Ce ronflement des paroles, des délires, des violences et surtout des convictions. Le papier me collait aux doigts comme le passé colle parfois au présent. Dans l'appartement flottait toujours une odeur de formol. Le corps de ma mère qui avait reposé quatre jours dans sa chambre avant les obsèques avait été « préparé » pour l'occasion. Combien de temps cette odeur régnerait-elle ? Et celle-ci, douceâtre et entêtante (je finissais par m'y habituer, je ne la remarquais même plus au bout d'un moment), je l'ai assimilée à ce numéro de *Je suis partout*. Un parfum délétère. Les égarements du passé, conservés dans le formol. La mort.

J'ai donc lu l'article de mon père, « Les Balkans sous l'orage », comme si les Balkans avaient jamais connu la moindre accalmie ! Mais cet orage évoqué n'était pas cette fois le résultat de luttes intestines, mais la conséquence de la guerre mondiale. Et plus précisément des bombardements alliés qui détruisaient les villes, les ponts, les usines, les gares de chemin de fer. Mon père y racontait son voyage du mois de juin. La Hongrie survolée, avec des colonnes de fumée noire qui s'élevaient des agglomérations. Puis son séjour en Roumanie et Bulgarie, où il circulait parmi les décombres. « Le spectacle de démolitions barbares et inutiles ne cessa de me poursuivre en tous lieux. » A chaque étape, mon père enregistrait l'unanimité la plus absolue des populations contre les Anglo-Américains. Mais il y avait la Roumanie surtout. Comme il l'aimait la Roumanie ! Son insouciance, sa francophilie, ses pâtisseries, sa vie mondaire, sa prospérité aimable et ses puits de pétrole ! Avant de regagner Paris, il avait été reçu par Michel Antonesco, le président du Conseil. Un parfum de catastrophe montait de toute part. De loin lui parvenaient les nouvelles du débarquement en Normandie. Une angoisse l'étreignait. « Loin de mon pays, loin des miens, je sentais alors tout ce qu'il peut y avoir d'amer et de lamentable dans la condition d'un exilé volontaire... » Mais avant tout dans cet article transparaissait sa haine du communisme et du régime soviétique. L'ennemi, il était là. Pas ailleurs. La Roumanie vaillante, alliée de Hitler, luttait désormais contre les bolcheviques à ses frontières, alors qu'à Bucarest Capsa, qui tenait à la fois de l'hôtel, de la pâtisserie et du restaurant à la mode, avec ses banquettes de velours rouge, ses macarons et ses petits fours, et l'Athénée Palace, le dernier rendez-vous où l'on causait à son bar, devant son comptoir d'acajou, où se nouaient des intrigues, véritable centre mondain et politique de la ville entre midi et deux heures, n'étaient plus que des ruines...

J'ai lu l'article de mon père. Je l'ai lu vite. J'aurais voulu le lire plus vite encore. Avec une forme de distance romanesque. L'Athénée Palace, la pâtisserie Capsa : plaques tournantes pour des espions, des séductrices, des officiers nazis, des diplomates ambigus et des agents de l'Intelligence Service comme dans les romans si démodés d'Éric Ambler, alors que l'armée soviétique envahissait la Roumanie. Un monde s'écroulait. Mais je ne parvenais pas à me détacher de l'odeur de formol ni de cette poussière qui me collait aux doigts. Ce numéro menaçait de s'effriter. Eh bien qu'il s'effrite ! Je le dépliais sans plus de précautions et m'attardais encore, en dernière page, sur deux encarts publicitaires. L'un pour le cognac Camus. Le cognac Camus existe-t-il toujours ? L'autre pour un produit pharmaceutique, Gyraldose, qui « assainit et fortifie les organes féminins », sans autres explications. Au mieux, ce journal et l'article de mon père relevaient du mauvais rêve : Bucarest sous les bombes, la disparition d'une pâtisserie, une conversation courtoise avec le président du Conseil de Roumanie et le débarquement en Normandie.

Mon père souhaitait-il l'échec de ce débarquement ? Non, par bonheur il ne l'écrivait pas.

Toujours dans ce numéro, et avant qu'il ne tombât en poussière, je repérais encore un entrefilet consacré à la LVF, « les héroïques combattants du front de l'Est » qui venaient de se couvrir de gloire, une fois de plus, sur la Bérésina. A tout prendre, le romanesque (la violence, la sauvagerie ou l'héroïsme comme on voudra) était plutôt sur la Bérésina. J'ai repensé alors à Bernard du Perray. Quand mon père était en Roumanie, combattait-il si loin sous l'uniforme allemand ? Les deux hommes ne s'étaient pas encore rencontrés. Ils vivaient chacun leurs dernières illusions. Points minuscules qui allaient encore s'éloigner l'un de l'autre avant de se retrouver quelques mois plus tard en prison. L'un tout près de l'autre.

Évoquer Bernard du Perray ne me créait aucun malaise. Au contraire, il s'agissait là d'un moyen pour dissiper l'odeur de formol. Et louvoyer avec mes propres censures.

Des tee-shirts par dizaines

avril 1962

Chacun pour soi est reparti dans le tourbillon de la vie... La chanson qu'interprétait Jeanne Moreau dans *Jules et Jim*, je ne cessais de la fredonner. J'avais vu le film de Truffaut au cinéma Saint-Paul qui n'allait pas tarder à être démoli, et un magasin Monoprix lui succéderait. *Jules et Jim* m'avait enthousiasmé comme on peut être enthousiasmé quand on a dix-sept ans et qu'on s'ennuie au lycée Charlemagne dans sa classe de première C. Mon père aurait aimé me voir réussir plus tard une grande école, il s'était persuadé que j'étais fort en math. Je n'avais pas le cœur de le contredire et de le décevoir, même si j'avais un mal de chien à me dépêtrer des équations, des abstractions. Devant moi, il commençait à évoquer l'École navale et la classe préparatoire au lycée de Brest que je pourrais suivre après la réussite de mon bac math élem. Nous n'en étions pas là. Le bac math élem, au mieux, je le passerais l'année suivante. Autrement dit dans une éternité. Et je n'avais encore aucune idée de ce que je ferais plus tard, après l'éternité. J'avais hâte d'être un adulte et j'avais peur d'être un adulte. J'en restais là. L'École navale ne m'attirait pas. Je détestais les uniformes. Mais cette menace demeurait si abstraite qu'elle ne m'effrayait pas du tout.

En ce printemps 1962, le film de Truffaut me laissa un souvenir plus vivace que les accords d'Évian et l'éventuel cessez-le-feu en Algérie qui suscitaient tant de disputes. L'Algérie aussi, c'était une abstraction. Je n'avais pas pu me persuader que je pourrais y combattre, comme les frères aînés de mes camarades du lycée Charlemagne partis au service militaire. Il y avait dans ma classe des pro-FLN et des pro-OAS. A peu près une demi-douzaine dans chaque camp. Les autres s'en fichaient ou ne disaient rien. Ils observaient. Ils ne songeaient pas à se compromettre. Les études d'abord. Ou leur bien-être. Entre 1940 et 1944, ils n'auraient rien dit non plus, ils auraient attendu que ça passe, comme leurs parents. Je me liais plus volontiers avec le groupe des pro-FLN parce qu'ils étaient moins conformistes ou plus éloignés des idées professées par mes parents. Mais chaque fois que je défendais une idée, l'idée contraire me paraissait tout aussi convaincante. En bref, les militants me fascinaient et me faisaient peur. J'admirais leur générosité et je m'effrayais de leur sectarisme. En Algérie, les bombes succédaient aux massacres. Le pays allait accéder à l'indépendance dans les pires conditions. Mon père fulminait encore contre la politique de De Gaulle. Mais peut-être qu'il se forçait à fulminer pour se convaincre que la vie l'intéressait, qu'il n'avait pas perdu sa faculté d'enthousiasme ou de dégoût, qu'il n'était pas encore vieux, désabusé, revenu de tout. Avec lui, le doute était de rigueur. De toute façon, les morts du métro

Charonne en février, lors de la manifestation anti-OAS, ne me semblaient pas l'avoir ému. Comme tout cela est loin, si loin ! Comme tout cela me paraissait déjà loin alors que je n'en finissais pas de me frayer un chemin pour échapper aux torpeurs de l'adolescence ! Et pourtant la station de métro Charonne n'était pas à des années-lumière du lycée Charlemagne, rue Saint-Antoine !

Le tourbillon de la vie. Je pourrais encore chanter cette chanson aujourd'hui. *Elle avait des bagues à chaque doigt, des tas de bracelets autour des poignets.* Les paroles de Rezvani sont plus présentes à ma mémoire que les morts du métro Charonne. Le tourbillon de la vie ne me renvoyait pas aux convulsions de la politique, mais à cette nuit un peu folle de l'été précédent, qui m'avait fait connaître Virginia Davenport, sa mère et Bernard du Perray ! A qui, depuis lors, aurais-je pu parler de Virginia ? Je lui avais écrit une fois en Californie. Elle n'avait pas répondu. Avait-elle reçu ma lettre ? Bernard du Perray restait notre seul lien. Mais Bernard du Perray n'était pas mon ami, il était l'ami de mon père.

Le lendemain de notre expédition, mes parents m'avaient demandé si tout s'était bien passé, si je m'étais bien amusé. J'avais répondu oui. Ils n'avaient pas cherché à en savoir davantage.

– Quel numéro ! avait simplement dit ma mère un peu plus tard en parlant de Bernard du Perray.

Bernard du Perray un numéro ? Oui, il avait eu un numéro d'écrou à Clairvaux, comme mon père – mon cher 8290 ! –, mais ce n'était pas ce qu'elle voulait dire. Cette formule condescendante l'aidait simplement à surmonter ou à oublier le malaise qu'elle avait éprouvé face à cet homme qui roulait en voiture de sport et fréquentait le monde du spectacle. Un numéro! Autrement dit un cas clinique, une curiosité pittoresque, un phénomène de foire qu'elle devait oublier si elle voulait retrouver son assurance, sa certitude que les seules valeurs qui comptaient, c'étaient les siennes, la bienséance bourgeoise et la plage de La Nartelle chaque jour entre onze heures trente et treize heures trente.

Mon père tout de même m'avait posé des questions plus précises. Pourquoi j'étais rentré si tard? Est-ce que j'avais bien dîné? Je lui avais répondu que j'avais pris un verre à L'Esquinade, que j'avais mangé une soupe de poisson à La Belle Isnarde et dansé Chez Palmyre, mais au fond il s'en fichait. Peut-être que pour lui aussi Bernard du Perray était un numéro. Un vrai numéro. Pas un numéro d'écrou. Ou qu'il était redevenu plus simplement un étranger. Il s'était inquiété tout de même de notre conversation. Et moi, j'en avais profité.

– Il m'a parlé, tu sais, de tes conférences sur la marquise de Sévigné.

– Ah bon, il s'en souvenait?

Il n'avait pu s'empêcher de sourire, mon père. Il était assez content au fond que son ami ne les eût pas oubliées. J'avais insisté :

– Oui, il m'a dit que ça l'avait aidé.

– N'exagérons pas!

– C'était si dur que ça, la prison?

Mon père m'avait regardé avec ses yeux clairs, innocents, avant de persifler :

– Dure la pension aux frais du gouvernement ? Bien sûr que non, on n'avait rien à faire, rien !

– A part les conférences.

– Je leur avais fait aussi un exposé sur Edgar Poe et les précurseurs du roman policier.

– Ça, il m'en a pas parlé.

– Peut-être qu'il n'assistait pas à cette conférence-là, après tout.

– Il y avait beaucoup de monde à tes conférences ?

– La plupart dormaient. Tous auraient préféré être ailleurs, chez eux, à lire Edgar Poe ou la marquise de Sévigné. Remarque ! je ne suis pas persuadé que c'était tellement le genre de Bernard du Perray la marquise de Sévigné !

Mon père s'était mis à rire. Pour lui, le chapitre prison était clos. C'était l'heure de partir à la plage, mais je lui avais posé une dernière question :

– Et il habite où, maintenant ?

Mon père m'avait regardé avec un drôle d'air. Me soupçonnait-il de vouloir quitter La Nartelle pour courir à la recherche de Bernard du Perray, comme si je lui annonçais que je partais chercher de l'or en Alaska ou poursuivre les kangourous dans le bush australien ?

J'avais ajouté :

– Il m'a promis l'autre soir de m'envoyer des disques de Stéphane Grappelli.

– Qui ?

– Grappelli.

– Connais pas ! avait tranché mon père avec cette façon horripilante de suggérer que ce qu'il ne connaissait pas ne méritait pas d'être connu.

Deux ou trois jours plus tard, il m'avait avoué avec un semblant de complicité :

– Elle était assez mignonne la petite Américaine.

– Pas mal, avais-je répondu avec une nonchalance très appliquée.

– Virginia, c'est ça ?

– Oui, Virginia.

Il m'avait regardé ensuite avec un drôle d'air, pas dupe, un peu déçu de mon laconisme. C'est toujours comme ça les rapports entre un père et un fils : une suite de conversations manquées, de liens qui auraient pu s'établir et qui ne se sont pas établis. Alors le fils repense aux conversations manquées, mais seulement quand son père est mort. Parfois il se met à écrire. Et il n'écrit que pour ça. Pour se remémorer les conversations manquées. Pour s'en consoler peut-être. A son tour, il aura un fils et il ne voudra pas qu'il y ait d'autres conversations manquées. Mais il y en aura d'autres. Forcément. Il n'y aura même que ça. Son fils lui ressemblera. Il ne comprendra pas. Il comprendra plus tard. Mon père me disait souvent :

– Ah ! toi, tu te serais bien entendu avec ton grand-père !

Il pensait à lui, bien entendu, il pensait qu'il n'avait pas su s'entendre avec son père, c'est-à-dire l'entendre et lui répondre, bref converser. Mais moi, l'été passé, à La Nartelle, j'avais pensé surtout à Virginia. Peut-être qu'elle allait m'écrire. Peut-être que je la reverrais. Mais je ne voulais rien confier à mes parents de mes espoirs, de mes soucis. Ils étaient trop âgés. Nous n'étions pas complices. Ils ne pouvaient pas comprendre ce qui avait failli se passer ce soir-là dans les jardins de la citadelle de Saint-Tropez au-dessus de Chez Palmyre.

Mes amis de la plage non plus ne m'auraient pas cru. On ne se vante pas de ces choses-là. Un ratage. Une illusion. Un peu des deux. Et même moi, je n'y croyais plus. J'avais simplement lancé le nom Chez Palmyre avec négligence, le galop tropézien et la foule qui dansait jusque dans la rue. Les filles de la plage avaient joué les dégoûtées. Je n'allais pas leur raconter en prime que l'homme que j'avais accompagné avait combattu avec l'armée allemande sur le front russe et qu'il était un ancien camarade de prison de mon père. Tout juste avais-je signalé qu'il avait une Triumph et avait connu Kim Novak. Elles avaient cru que je me fichais d'elles. Pourtant ce n'était pas bien sorcier de connaître Kim Novak si l'on vivait à Hollywood et si l'on fréquentait les cocktails et Sunset Boulevard. Encore fallait-il vivre à Hollywood, être reçu dans les cocktails ou rouler le long de Sunset Boulevard, connaître des producteurs, des stars, des agents ! Voilà précisément ce qui était le propre de l'ami de mon père avec qui j'avais passé une soirée à Saint-Tropez. Mes amis m'avaient pris pour un mythomane. Je n'avais pas insisté. On avait changé de sujet. De toute façon, le monde de Kim Novak n'était pas le leur non plus. Je ne rencontrais pas beaucoup de cinéphiles sur la plage de La Nartelle. Personne avec qui m'enflammer sur *Vertigo* de Hitchcock. Les demoiselles de la plage de La Nartelle vivaient dans un univers limité. Elles aussi auraient pu traiter Bernard du Perray, Lynn et Virginia de numéros. Elles ressemblaient à leurs mères. C'était une époque où le fossé des générations n'était qu'une ornière. On le franchissait d'un pas. Les enfants m'ennuyaient autant que les parents. Simplement, je ne le leur disais pas...

On s'est connus, on s'est reconnus, on s'est perdus de vue, on s'est r'perdus de vue, on s'est rencontrés, on s'est séparés... Ces paroles, je les fredonnais donc en ce printemps 1962, et je pensais encore à Virginia. Je n'avais pas de « petites amies » à Paris. Les lycées n'étaient pas mixtes. Les jeunes filles en vacances à La Nartelle étaient pour la plupart originaires de Lyon ou de Grenoble. Qu'est-ce que j'aurais fait de « petites amies » à Paris ? Où les aurais-je dénichées ? Je détestais toujours danser. Je jouais au rugby au Paris Université Club. On ne voyait pas beaucoup de filles sur les terrains de rugby. Pas de grandes sœurs dans les tribunes ni de *pom-pom girls* sur la pelouse non plus. L'américanisation n'était pas passée par là. Sur le terrain de basket, à Charlety, il y avait bien les filles de l'équipe première qui s'entraînaient. Mais c'était des championnes, des géantes. On ne cherche pas à fréquenter des géantes quand on a dix-sept ans. Restait Virginia. Un nom que je répétais avec d'autant plus de ferveur que l'image de Virginia, elle, s'estompait, s'effaçait. Je me raccrochais au nom. J'étais amoureux du nom de Virginia. Je n'avais pas le choix. Ce nom ou rien. *On s'est rencontrés, on s'est séparés*. Je n'avais pas reçu de réponse de Virginia...

Deux ou trois fois, à des camarades de Charlemagne comme Patrick Leconte, j'avais demandé :

– Lynn Davenport, ça te dit quelque chose ?

Mais ça ne lui disait rien.

J'avais précisé :

– Une chanteuse de Las Vegas, elle devrait démarrer sa carrière à Paris, je l'ai connu sur la Côte d'Azur.

– Ah bon.

Ça ne l'épatait pas. Je l'ai dit, certains de mes camarades pensaient surtout à l'Algérie française ou à l'Algérie algérienne. Et moi, je pensais à Lynn Davenport qui ne faisait pas carrière à Paris. Elle avait dû boucler sa valise pour les États-Unis en compagnie de sa fille qui aimait Tab Hunter. Et Tab Hunter aussi, c'était du passé. Les Beatles allaient faire leur apparition. Pour l'instant, ils enregistraient leur premier disque. J'attendais toujours mes Stéphane Grappelli. A vrai dire, je n'y comptais plus beaucoup. Bernard du Perray avait été une apparition. Et le propre d'une apparition, c'est de disparaître.

Mais il y eut ce soir d'avril.

Nous dînions dans la cuisine. Notre appartement avait ceci de particulier que la cuisine était à un étage et la salle à manger à l'étage inférieur, au bout du couloir. Autant dire que la salle à manger ne servait que le dimanche ou pour les invités. Nous prenions nos repas dans la cuisine. Mon père venait de quitter son bureau-bibliothèque pour nous rejoindre à table. Il s'installa, déplia sa serviette et avec une désinvolture un peu excessive, il nous raconta qu'il avait pris un verre cet après-midi sur les Champs-Élysées avec Bernard du Perray.

– Georges ! s'écria ma mère, comme s'il avait prononcé un gros mot.

Elle attendit tout de même la suite.

– Je ne l'avais pas vu, ajouta mon père, c'est lui qui m'a reconnu le premier. Il m'a fait signe, il était attablé en compagnie d'une fille brune, une belle fille, assez vulgaire.

Ma mère leva les yeux au ciel ou au plafond (et le plafond était particulièrement bas dans la cuisine), comme si la présence d'une fille vulgaire auprès de Bernard du Perray confirmait ses soupçons.

– ... Et probablement qu'il n'était pas très fier de cette fille, il lui a pratiquement tourné le dos pour s'entretenir avec moi.

Ma mère cessa de lever les yeux au ciel ou au plafond, elle tendit le soufflé au fromage à son mari.

– On a droit à quoi, Suzanne ? lui demanda-t-il.

Distrait, il aurait risqué de prendre deux cuillerées, trois cuillerées, la moitié du plat. Alors, il se tenait sur ses gardes. On a droit à quoi ? Il n'aimait pas se faire rabrouer. Et ma mère donnait ses instructions : on a droit à une demi-pomme, une endive au gratin, trois tranches de saucisson, c'est bien assez, j'ai fait un gâteau de riz pour le dessert ! Elle se justifiait en prime. Quand il y avait des restes, il fallait que ces restes en vaillent la peine pour le prochain repas. Le plus grave, c'est qu'il arrivait à mon père de répéter, devant des amis, à la salle à manger, dans les grandes occasions, quand il fallait jouer les seigneurs, les maîtres de maison qui ne comptent pas : on a droit à quoi ? Alors ma mère se sentait humiliée. S'y démasquaient le sens de l'économie qui l'animait, voire sa gêne financière depuis le retour de captivité de mon père. On a droit à quoi ? Et ma mère de s'écrier : écoutez, Georges, prenez ce qui vous fait plaisir, on dirait que je vous rationne ! Puis elle partait de son rire qui ne parvenait pas à tromper son monde, qui parvenait peut-être à la tromper elle-même.

Pour l'instant, il était bien question du soufflé au fromage (même si j'ai toujours raffolé du soufflé au fromage) et des risques pour mon père d'en engloutir la moitié, par distraction (car encore une fois, il n'était pas un gourmet ni un gourmand, il ne faisait pas attention à ce qu'il prenait, il ne se souvenait jamais de ce qu'il avait mangé le jour même) ! Moi, je ne m'intéressais qu'à Bernard du Perray le revenant.

– La fille qui l'accompagnait, c'était une actrice de cinéma ?

Mon père se tourna vers moi.

– Non, une chanteuse.

– Qui ?

– J'ai oublié son nom. Je ne sais même pas s'il me l'a dit. Elle vient d'Égypte, elle est italienne et son dernier disque a du succès. C'est ce qu'il m'a affirmé. Elle n'a pas l'air d'une méchante fille. Ne m'en demande pas plus !

A tout hasard, je citai le premier nom, le nom le plus illustre qui me vint à l'esprit. Toutes les radios diffusaient les chansons de cette star qui tenait la dragée haute aux yé-yé et rassurait les quadragénaires comme le public le plus populaire.

– Ah bon, tu la connais, constata mon père de son ton si indifférent que je me demandai s'il se fichait maintenant et délibérément du monde – ou de son fils.

Ma mère pour sa part ne sembla pas émue de cette rencontre avec une chanteuse égyptienne d'origine italienne qui faisait carrière en France et à qui Bernard du Perray avait tourné le dos à une terrasse des Champs-Élysées. Elle constatait que son soufflé retombait. Une affaire autrement sérieuse.

– Georges, s'il vous plaît !

Mon père semblait aussi loin du soufflé que de la chanteuse d'origine égyptienne dont il prétendait ignorer le nom.

J'insistai :

– Tu ne lui as pas adressé la parole, pas un mot ?

– Non, pourquoi ?

Il me regarda. Il ne comprenait pas une telle urgence. Quelque chose d'autre le préoccupait, dont il n'avait pas encore parlé. Le soufflé était devenu tiède.

– Qu'est-ce qui ne va pas, Georges ? s'inquiéta ma mère.

– Rien !... A propos, je lui ai proposé de venir dîner demain soir. N'oubliez pas qu'il avait été gentil avec Pierre l'été dernier.

Voilà ! Maintenant, il pouvait se servir le cœur léger de la portion à laquelle il avait droit. Ma mère le regarda, le souffle coupé. Il était au fond très facile de lui faire perdre contenance. Et moi, je prononçai le nom de la chanteuse égyptienne et demandai à mon père s'il l'avait invitée aussi .

– Mais non ! Bernard du Perray, lui seul !

– Et qu'est-ce que vous voulez que je lui fasse à dîner, à votre Bernard du Perray ?

Le vouvoiement avait ceci de précieux entre mes parents qu'il avait toujours adouci leurs affrontements. Comme un vernis de courtoisie, un pansement contre la blessure des mots. On ne chantera jamais assez les vertus du vouvoiement. Malheur aux époques ou aux civilisations qui rendent le tutoiement obligatoire ! C'est celui des camarades et des bourreaux.

– Eh bien du soufflé au fromage ! Il est excellent votre soufflé au fromage, ma petite Suzanne.

Aucune ironie chez mon père. Ma mère leva les yeux au plafond.

– Un soufflé deux jours de suite !

J'en revins à la chanteuse.

– Et elle n'a rien dit, elle est restée là, à vous attendre ? Bernard du Perray lui a tourné le dos et elle a supporté ça ?

Ma véhémence surprit un peu mon père.

– Je reconnais que ce n'était pas très élégant de sa part.

– Il est son agent ? Ou son amant ?

– Pierre ! s'écria ma mère.

Mon père ne s'offusqua pas pour si peu. Il déglutit, il passa sa serviette sur les lèvres, la reposa. Et voulut bien sourire.

– Sans doute les deux et c'est un drôle de choix. Remarque qu'elle est assez charnelle, assez sensuelle pour autant que j'ai pu en juger.

– Elle a donc tout pour lui plaire, commenta ma mère.

J'insistai encore :

– Et il t'a parlé de Lynn Davenport et de sa fille Virginia ?

– De qui ?

Mon père fit un effort visible pour se souvenir de

Lynn Davenport et de sa fille Virginia qui lui importaient si peu. Il était exaspérant. Il me regarda de ses yeux bleus, distraits, égarés, presque douloureux. Ou de ses yeux qui faisaient semblant d'être distraits, égarés, presque douloureux. Et puis il fit mine de se rappeler l'existence de Lynn Davenport et de sa fille Virginia. Il ébaucha un sourire parfaitement incompréhensible (de dédain, d'indifférence, de complicité ?) et il dit :

– Pas un mot.

– Tu lui as au moins posé la question ?

De nouveau, il me regarda de ses yeux si clairs, si innocents, de ses yeux qui s'éclairciraient et s'élargiraient avec les années, tout comme son innocence. Et je compris pourquoi ma mère était parfois excédée par ce regard, par cette ingénuité, par cette façon de se moquer du monde (au sens où paraître si loin du monde et de ses pesanteurs trahit vraiment la forme absolue du dédain).

– Non, finit-il par répondre.

– Vous avez parlé de quoi ?

Ma mère me tendit le soufflé pour en finir. Mon père exhala un vague soupir, il devina que sa réponse n'intéresserait personne. Bernard et lui avaient forcément évoqué leurs années de prison, de pension. Il n'avait rien à en dire. Ses yeux s'assombrirent. Il était bien question de la chanteuse égyptienne ! Et soudain je devinai que Bernard du Perray n'avait pas voulu la mêler à ça. Elle ignorait sans doute son passé dans la Légion des volontaires français contre le bolchevisme, elle ne pouvait imaginer que son agent ou son amant avait porté l'uniforme allemand.

Voilà pourquoi il lui avait tourné le dos. Non pas une affaire de muflerie, mais de prudence.

– Je pourrais peut-être lui faire une timbale milanaise, pensa ma mère à voix haute.

La timbale milanaise, l'un de ses plats favoris ! Des macaronis avec du hachis, de la tomate, des oignons, du fromage, des bouts de jambon, les restes qui lui tombaient sous la main. Une timbale milanaise, disait-elle. Ce qui faisait chic. Elle mettait le tout à gratiner. Ça vous nourrissait une tablée.

– Un plat unique, précisa-t-elle.

Mais elle n'avait pas besoin de le préciser.

Le lendemain, elle prépara sa timbale milanaise.

Vers six heures, il y eut un appel téléphonique. Elle décrocha. C'était Bernard du Perray. Il s'excusait, il ne pourrait pas venir dîner, il devait aller chercher à Orly un chanteur qui débarquait d'Amérique. Ma mère fut parfaite au téléphone. Courtoise, patiente, compréhensive. Bernard du Perray continuait de l'intimider. Elle lui dit qu'elle regrettait, qu'elle serait toujours heureuse de l'accueillir...

– Partie remise, n'est-ce pas cher ami ?

– Dites à Peter que je n'oublie pas le disque de Stéphane Grappelli que je lui ai promis.

– Je lui dirai, répondit ma mère, très femme du monde.

Et elle raccrocha.

De retour, mon père que j'avais prévenu du coup de fil s'enferma dans son bureau. Je me plongeai dans mes devoirs de classe. Il était plus sage de laisser ma mère aussi longtemps que possible en tête à tête avec sa timbale milanaise.

Une semaine s'écoula. L'après-midi s'achevait. Je travaillais dans ma chambre. Je lisais. Ou je rêvassais. Ma mère était dehors. Le jour de son bridge. Mon père se cloîtrait dans son bureau. J'entendis qu'on sonnait à l'étage au-dessous. Pourtant l'heure du courrier était passée.

J'épiai le bruit des pas de mon père dans le couloir, comme il se dirigeait vers l'entrée. Sans impatience ni curiosité. On entendait tout d'un étage à l'autre. Les bruits de pas. Les portes qui grincent. Et l'humeur de celui qui les pousse. Mon père ouvrit la porte palière sans méfiance. Pourquoi se serait-il méfié ? On était déjà venu l'arrêter dix-sept ans plus tôt, de la vieille histoire, on n'en parlait plus, il n'en parlait plus. (Et dix-sept ans plus tôt du reste, il ne se méfiait toujours pas, il ne soupçonnait pas ce qu'on pouvait lui reprocher.) Tout de suite dans le vestibule, je reconnus la voix de Bernard du Perray. L'homme qui débarquait à l'improviste. Comme toujours.

Aujourd'hui encore, je pourrais réduire Bernard du Perray à cette seule particularité : il était l'homme qui venait à l'improviste. Le monde dans lequel je vivais bannissait une telle attitude. On n'improvisait rien. Tout était convenable, convenu, prévu. Ma mère préparait ses menus pour la semaine. Mon père tentait d'établir son budget pour le mois. Ils invitaient leurs amis des jours ou des semaines à l'avance. Ils se rendaient chaque dimanche à la messe de onze heures à Saint-Louis-en-l'Isle, ils achetaient ensuite leurs pâtisseries en face, mon père et moi aimions les brioches polonaises, ma mère adorait les paris-brest. Mon père avait décidé que je ferais l'École navale. Il prévoyait de m'inscrire au lycée de Brest pour préparer le concours d'entrée. Ma mère notait ses rendez-vous de bridge. Bref, ils dressaient des plans de carrière, des plans de distraction, des plans de vie, de gastronomie et de mondanités. Et leur drame à tous les deux s'était confondu avec la guerre qui était survenue à l'improviste, avec la Libération qu'ils n'attendaient pas sous cette forme. Mon père n'avait pas prévu qu'il serait arrêté durant l'été 1944 et condamné à douze ans de prison. Il n'avait pas prévu qu'il serait libéré en novembre 1947 et qu'il aurait toutes les peines du monde à retrouver un travail dans le domaine des relations publiques. Désormais, quand il avait décroché un nouveau contrat, il respirait un peu, mais il n'échappait pas à la précarité. Cette précarité, autrement dit cette menace de l'improviste, était devenue son châtiment. Presque une honte, une peur qu'il fallait maquiller sous l'apparence bourgeoise du confort, de l'attendu, de la pérennité... Bernard du Perray, lui, ne maquillait rien. L'improvisation était sa nature. Il continuait de vivre comme un funambule. Il affichait ses caprices de l'instant comme on exhibe sa nudité. Il osait. J'enviais ses audaces.

Mon père et lui passèrent dans la salle à manger, ils se dirigèrent vers le salon. Je continuai de tendre l'oreille. Et très vite j'entendis mon père au pied de l'escalier :

– Pierre !

Il avait un ton enjoué, impatient.

Je courus à leur rencontre.

Bernard du Perray m'attendait au bas des marches.

– Peter, comment vas-tu ?

Et moi, du tac au tac :

– Very well, thank you.

Il me serra la main avec une virilité très britannique. Il portait un pantalon de velours et une veste en tweed sur un pull en cashmere, il était l'élégance, la nonchalance et la distinction.

– Viens voir mon vieux, j'ai quelque chose pour toi, me dit-il.

D'autorité, il repassa dans la salle à manger. Sur la table, il y avait un gros carton qu'il avait dû déposer en arrivant. D'un geste désinvolte, il me le désigna :

– Là-dedans, il y en aura aussi pour tes copains.

Je reluquai ce carton d'épicerie défraîchi dont les rabats se chevauchaient pour assurer la fermeture. Puis j'ouvris les rabats. Mon père ignorait lui aussi le contenu de ce carton. A l'intérieur, on aurait dit une masse de chiffons. J'en sortis quelques-uns. Non, il ne s'agissait pas de chiffons, mais de tee-shirts. Des tee-shirts de toutes les couleurs. Par dizaines. Avec une inscription imprimée sur le devant : Johnny Lopez et, dessous, le dessin d'une guitare. Johnny Lopez ? Une chanson l'avait fait connaître, *My dream and you*. Était-il mexicain, portoricain ? Il chantait en américain. *My dream and you* passait sur Europe 1, RTL, Salut les copains : une romance vaguement rock. Je ne pensais pas que la célébrité de Johnny Lopez survivrait à *My dream and you*. On verrait. Pour l'instant, il débarquait à Paris. C'était peut-être lui que Bernard du Perray était allé chercher à Orly le soir de la timbale milanaise (qui nous avait duré trois jours). Johnny Lopez allait se produire à l'Olympia. Bernard du Perray nous l'annonça avec une négligence assez faraude, lui qui était son agent en France. Et là, devant moi, sur la table de salle à manger, ce vertige de tee-shirts à son effigie !

Nous étions en 1962. Les tee-shirts n'étaient pas monnaie courante, ils restaient très américanisés. Le temps de la profusion ou du gaspillage n'avait pas commencé non plus. Tant de tee-shirts ! Chez mes parents, tout était calculé. Bernard du Perray, lui, ne calculait pas. Il gaspillait. Il était munificent. Un tee-shirt ? Non, des dizaines, une centaine peut-être de tee-shirts ! C'était un magicien. Un surhomme. L'ami incompréhensible de mon père.

– Si l'envie te prend d'aller à l'Olympia ? Demain, c'est la première pour le señor Lopez. Deux billets, ça te va ?

J'approuvai sans dire un mot.

– Tu as bien une petite amie, ajouta-t-il.

Bernard du Perray me donnait de l'audace. Je lui répondis sans hésiter, sans réfléchir non plus.

– Si Virginia était à Paris, je l'emmènerais volontiers.

Il partit d'un bon rire. Et je profitai de mon avantage :

– Qu'est-ce qu'elle est devenue, Virginia ? Elle ne m'a jamais donné de ses nouvelles.

– Les femmes, mon vieux Peter, les femmes !

Mon père voulait bien être complice, mais il avait du mal à y parvenir. Les tee-shirts le laissaient perplexe. Et ces couleurs acidulées, jaune citron, framboise écrasée, vert pistache. Johnny Lopez ? Il ne le connaissait pas davantage que la chanteuse égyptienne. Il n'écoutait jamais RTL ni Europe 1. En fait, il n'écoutait pas la radio.

– Tu sais, me rassura Bernard du Perray, t'es pas obligé d'enfiler ça pour aller à l'Olympia.

– Virginia est repartie en Amérique ?

Il eut l'air d'hésiter. Savait-il encore qui était Virginia ? Il allait si vite, Bernard du Perray, il était la vitesse même, autrement dit il oubliait, il ne pouvait faire autrement. Comment aurait-il pris le temps de se souvenir ou de faire demi-tour ?

Et moi, pour la seconde fois :

- Elle est repartie ?

Il me dévisagea. Il accepta de courir après ses pensées ou ses souvenirs. Son visage s'éclaira. On aurait dit qu'il découvrait le bonheur frivole du retour en arrière.

– Sa mère n'avait rien à faire en Europe, elle n'était pas faite pour l'Europe, son talent n'était pas exportable, elle appartenait à Las Vegas, je crois qu'elle est retournée à Las Vegas.

Je n'étais pas certain de bien comprendre ce qu'il voulait dire par talent exportable, mais je l'approuvai avant d'insister :

– Et Virginia ?

– Est-elle encore à l'âge où une fille suit sa mère ? C'est à toi qu'il faudrait poser la question, mon vieux Peter.

Et puis il eut un drôle de geste. De dédain ou d'indifférence. Un geste qui donnait relâche à sa pensée, et celle-ci fila vers l'avenir, de nouveaux projets, elle s'éloigna, galopa, s'effaça, hors d'atteinte. Ce geste, c'était un peu celui qu'il avait quand il empochait sa monnaie, le poignet très souple, un geste de jockey ou d'escamoteur, un geste que je n'ai jamais revu de ma vie sinon chez ce vieil homme qui achetait un pot de confiture chez Bernard, rue Saint-Louis-en-l'Isle. Ce geste qui, pour l'instant, congédiait Virginia et sa mère.

Virginia à Las Vegas ? Pour l'instant, il y avait ces tee-shirts sur la table. L'Amérique à domicile. Et à profusion. J'en enfilai un. Il était bleu pétrole. Mon père me regarda, consterné.

Quand ma tête ressortit de l'encolure, je demandai à Bernard du Perray :

– Alors comme ça, vous travaillez pour Johnny Lopez ?

– *My dream and you* est une chanson épatante. Tu la connais ?

Il se mit à la fredonner. Mon père s'assit, le coude appuyé à la table. Il commençait à s'ennuyer.

– Il a écrit d'autres chansons à part celle-là ?

Bernard du Perray cessa de chanter et me regarda avec attention.

– Tu as raison, Peter, tout le problème est là. Le public ne connaît que *My dream and you*.

Et puis il se tourna vers mon père :

– Tu m'excuseras encore une fois auprès de ta femme pour l'autre jour, Georges.

Mon père eut un sourire, qui exprimait la lassitude, l'indifférence, la distraction. Ses pensées à lui s'étaient échappées ailleurs. Non vers l'avenir, des projets, des galopades, mais plutôt vers nulle part. Sa rêverie était incertaine, informulée. Quand il affichait ce sourire, ses yeux devenaient plus pâles. J'avais l'impression que le monde à ce moment-là le fatiguait, que les gens autour de lui cessaient de l'intéresser. Mais ce n'est pas encore une fois parce qu'il vagabondait vers un monde imaginaire où les gens seraient plus aimables et les femmes plus gracieuses, mais parce que vivre devenait pour lui une charge et qu'il était privé de cette grâce, de ce privilège, cet aveuglement ou cet art qui consistent à savoir se distraire. Je pensais que cette absence chez lui, ce sourire de désertion venaient de ses années de pension, de prison. Peut-être était-ce là, au fond, que son sourire le conduisait. Du temps où il était prisonnier à Clairvaux, loin de sa femme, de sa famille, quand il se demandait ce que serait sa vie après sa libération et qu'il faisait des conférences sur Edgar Poe ou la marquise de Sévigné.

Bernard du Perray n'avait pas de ces absences, de ces pâleurs. Il vivait dans l'instant, dans l'imprévu. Et dans cette autre dimension que sa provision de tee-shirts me permettait désormais d'apprécier : l'abondance, la pure et enivrante profusion.

Cette abondance, cette profusion, j'en avais déjà eu le soupçon ou l'ivresse quand j'étais plus petit et que nous recevions des colis d'Amérique. J'avais un oncle maternel qui s'était installé à New York après la guerre, employé dans une banque franco-américaine. Il connaissait notre situation, les privations et rationnements encore d'usage en France, mon père en prison ou tout juste libéré. Alors il nous adressait des colis. Deux ou trois par an. D'énormes colis. Plus énormes dans mon souvenir que celui des tee-shirts de Johnny Lopez. Un facteur venait spécialement pour nous les remettre. Il y avait le reçu à signer, l'étiquette verte de la douane, les ficelles, le papier collant, les timbres à n'en plus finir. Ouvrir le colis d'Amérique ! La quintessence du bonheur. L'attente du merveilleux, de l'inconnu. Ou mieux de la profusion. Le colis était posé là, sur la table de la salle à manger. Seul mon père était absent. Humilié peut-être de cette charité. Ou plus vraisemblablement au travail. Je pense de toute façon que ma mère s'arrangeait pour ouvrir le colis quand il n'était pas là. Ils avaient entre eux de ces délicatesses. Ils se connaissaient si bien. Cette tendresse attentive qui est la forme la plus durable de l'amour, ou plutôt de l'amour quand il a la chance de durer. Mais j'en reviens au bonheur du colis, qui était d'abord le plaisir de le voir, de le soupeser, de le deviner avant de l'ouvrir. Pas question de couper les ficelles aux ciseaux ! Il fallait les dénouer. Ma mère l'exigeait. Une ficelle, ça peut toujours servir. Dans le buffet, il y avait un tiroir réservé aux ficelles, aux rubans, à tout ce qui ne servait jamais, mais une ficelle est une ficelle et on ne la coupe pas si l'on peut la dénouer. Une affaire de morale, si l'on veut. Je n'en pouvais plus d'impatience. C'était ça le bonheur : l'impatience, d'abord l'impatience ! Ce qu'il y avait par ailleurs dans ces colis d'Amérique ? Des conserves, je crois, des puddings, du beurre de cacahuète, du lait concentré et aussi des tricots, des bas en nylon, des écharpes. Ma mémoire est assez confuse. Ce qu'il y avait dans ces colis ? D'abord de la profusion... Et je pensais à ces colis devant l'avalanche des tee-shirts. Mais c'est mon père qui assistait cette fois au déballage, pas ma mère.

– Tu ne vas tout de même pas les laisser tous ici ? demanda-t-il à son ami d'un air interloqué.

– Et pourquoi pas ? Je suis sûr que notre ami Peter fera des heureux parmi ses amis et ses camarades de classe.

Il me prenait à témoin. Je ne pouvais que l'approuver. Quoi qu'il pût dire, je l'aurais approuvé. Comment contredire un homme qui a la tranquillité d'âme pour débarquer chez des gens avec des dizaines de tee-shirts et les laisser là, un cadeau, un oubli, des dizaines de tee-shirts qui, pour lui, ne comptent pas ? Voilà l'essentiel. Cet homme ne comptait pas. Il ne comptait pas son argent, son temps, ses femmes ou ses maîtresses. Mais je devinai aussi l'envers de la médaille : on ne pouvait pas compter sur lui. Se souvenait-il qu'il m'avait promis des disques de Stéphane Grappelli ? Non, il n'y pensait plus.

Du reste, il avait cessé de penser à nous. Il regarda sa montre. Il devait être en retard d'une heure ou d'un jour sur son prochain rendez-vous. Avec la chanteuse égyptienne ? Il fila dans l'entrée. Mon père lui tendit son imperméable. Un imperméable mastic comme celui d'Humphrey Bogart dans *Le Grand Sommeil*.

– Je présume, mon vieux, que Johnny Lopez, toi et Suzanne, ça n'est pas tout à fait votre passion.

Mon père saisit Bernard du Perray par l'épaule. Un geste d'affection, presque de protection. Et Bernard lui sourit en retour avec reconnaissance. Ce geste m'épata. Mon père qui protège Bernard du Perray ! Et Bernard du Perray l'aventurier, le prodigue, l'homme de l'imprévu, du show-business, l'amant d'une chanteuse de Las Vegas qui n'avait pas fait carrière en France et d'une chanteuse du Caire qui faisait une carrière prodigieuse en France, il acceptait cette protection !

– Non, je laisserai Pierre nous représenter, si toutefois il n'a pas de travail en retard au lycée.

Mon père se mit à dire ça pour le principe, pour jouer le père de famille, l'autorité suprême. En vérité, il ne pouvait pas savoir si j'avais ou non du travail en retard, il ne surveillait pas mes études. Et cette façon de dire ça pour le principe, pour jouer un rôle, m'agaça. Il cessa de m'épater.

– A demain, Peter. Et tâche de me dégotter une jolie fille pour t'accompagner !

Je ne le laissai pas partir seul et lui emboîtai le pas dans l'escalier de l'immeuble. On se retrouva quai de Béthune. Où était garée sa Triumph ? Il se dirigea vers le pont de la Tournelle sans paraître affecté de ma présence.

– Papa m'a parlé de votre... amie, la chanteuse aux Champs-Élysées.

– Pour elle, pas de soucis à se faire ! C'est une pro, une grande pro !

– Oui, je sais.

Il sourit de mon assurance.

– Elle sera encore en tête d'affiche dans dix ans, dans vingt ans, elle nous enterrera tous, tu verras, Peter !

– Vous, vous pensiez que vous alliez mourir quand vous étiez en Russie ?

– Pardon ?

– En Russie, vous pensiez que vous alliez mourir ?

– Pourquoi ?

– J'ai regardé la couverture d'un livre l'autre jour chez le marchand de journaux, il était consacré à la légion Charlemagne. C'était bien ça, la légion Charlemagne ?

– La division Charlemagne, oui.

– Charlemagne, comme mon lycée... Et ils sont presque tous morts, le livre disait.

– Les lycéens de Charlemagne ?

Moi, sérieux comme un pape :

– Non, les soldats de la légion... de la division Charlemagne.

– Je plaisantais, Peter.

– Mais vous, vous n'êtes pas mort.

– Tu en es sûr ?

Bernard du Perray éclata de rire. Je ne savais plus où me mettre. Il ajouta avec plus d'indulgence :

– J'ai eu de la chance, c'est tout. Surtout à la fin, quand on défendait la ville de Körlin, en Prusse-Orientale.

– Vous avez échappé aux Russes.

– Les Russes, ils étaient partout. Je sentais leur présence. Et il y avait des balles qui arrachaient des étincelles sur les barbelés, au-dessus de nous. Je me souviens de ces étincelles. Et puis après, quand il a fallu percer leur front, en pleine nuit, et se réfugier dans les forêts...

On traversa le pont de la Tournelle vers la Tour d'Argent.

– Vous avez eu de la chance, vous dites ?

– La chance d'abord de n'être pas tatoué. On était tous tatoués, sous l'aisselle gauche, notre groupe sanguin, comme les Waffen SS, l'armée d'élite allemande. Et les Russes, dès qu'ils repéraient votre tatouage, une balle dans la nuque et voilà.

– Mais vous...

– Le jour du tatouage, j'avais été convoqué par le général Krukenberg !... Et puis j'ai eu la chance aussi de me rendre à un officier polonais. Il avait connu mon père, il avait combattu avec lui. Il m'a fait passer pour un rescapé du STO, le Service du travail obligatoire, tu sais...

Il s'interrompit pour traverser le quai.

Je ne le lâchai pas.

– La division Charlemagne et la LVF, c'est la même chose ?

– Non, la division Charlemagne a été créée plus tard. Les rescapés de la LVF y ont été assimilés, mais pourquoi tu me fais parler de tout ça ? Je m'en fiche, terminé ! Tu l'as dit, Peter, je suis en vie, j'ai survécu. Il faut s'amuser, mon vieux ! Johnny Lopez, l'Olympia, les filles ! Allez ! Salut, à demain !

Il se glissa dans un taxi qui était garé là, devant la Tour d'Argent. Je n'eus pas le temps de lui dire au revoir. De lui rappeler sa promesse de Stéphane Grappelli. Le taxi filait déjà vers Saint-Michel. Je revins quai de Béthune, sans me hâter.

Les Allemands tatoués, les étincelles des balles russes sur les barbelés, la chanteuse égyptienne... tout semblait irréel. Un vent de romanesque ou de folie. Mais dans la salle à manger, où l'on ouvrait autrefois les colis d'Amérique, je retrouvai l'avalanche des tee-shirts. La preuve que Bernard du Perray existait et qu'il était venu nous rendre visite.

Le lendemain, j'en bourrai mon cartable et les déballai dans la cour de récréation. Les tee-shirts trouvèrent preneurs. Patrick Leconte en fourra trois ou quatre dans sa sacoche. Je l'aimais bien, Patrick Leconte. Il redoublait. Il habitait rue Froidevaux, ses fenêtres plongeaient sur le cimetière Montparnasse. Qu'est-ce qu'il fichait au lycée Charlemagne qui n'était pas du tout son quartier ? Il parlait peu, Patrick Leconte. Il devait faire plus d'un mètre quatre-vingts. Il observait la classe, le monde, sans jamais s'émouvoir. Il était patient et clair. Il m'avait initié aux mystères de l'anatomie féminine, la virginité des filles, tout ça. Sa carrure le mettait à l'abri des attaques. Il n'était pas plus idiot qu'un autre, il y avait simplement en lui une lenteur qui rassurait. Il parlait lentement, il pensait lentement, il expliquait lentement, il devait dormir lentement. Violence et colère étaient des sentiments trop rapides pour lui.

– Tu sais à qui tu les destines ?

Il mit du temps à me répondre :

– Des filles.

J'insistai :

– Quelles filles ?

Il afficha son bon sourire.

– Des filles, on a toujours des filles autour de soi !

Non, moi je n'avais pas de filles autour de moi. Mais la cloche de l'appel nous interrompit pour une heure d'histoire et géographie. Au fond de la classe, Mercier qui ne comptait pas parmi les meilleurs élèves avait enfilé un tee-shirt Johnny Lopez jaune canari par-dessus son chandail. Il se mit à chanter d'une voix étouffée *My dream and you*. Ça fit rire ses voisins.

– Qu'est-ce que c'est que cet accoutrement, gronda Bonifacio, le professeur.

– J'y suis pour rien, m'sieur, c'est Pierre Murr, se défendit Mercier.

Le regard de Bonifacio se tourna vers moi. Qu'est-ce que j'aurais pu dire pour me justifier ? Je n'allais tout de même pas leur faire un exposé sur Bernard du Perray et sur mon père codétenus de la prison de Clairvaux, ou alors sur Bernard du Perray aux Champs-Élysées avec sa chanteuse égyptienne, quoique... Je me contentai de hausser les épaules d'un air fataliste.

– Johnny Lopez, et pourquoi pas Fernand Raynaud ? Vous n'avez pas honte d'inciter votre camarade à se déguiser en clown et à faire la promotion, gratuite je suppose, d'un histrion, me déclara d'un air accablé Bonifacio.

Il y eut un silence.

– Bien entendu, ajouta-t-il, je suppose que personne parmi vous ne connaît le sens du mot histrion ?

Le silence fut plus pesant encore dans la classe.

– Un histrion, soupira-t-il, est un bouffon, quelqu'un qui se donne en spectacle dans des farces grossières.

Il me fit venir au tableau pour écrire : « Johnny Lopez est un histrion. » Les rires fusèrent dans la salle. Pas un élève pour défendre Johnny Lopez. Tous se rallièrent au camp de Bonifacio, à celui du plus fort. Hommes, adolescents ou lycéens restent toujours des collaborateurs en puissance.

– Il n'y a pas que moi qui ai un tee-shirt, insista Mercier avec une flagornerie repoussante.

– Vraiment ? s'amusa Bonifacio.

– Non, m'sieur.

Mercier se tourna vers ses camarades. Les tee-shirts sortirent des cartables. Il n'y eut que Leconte, à côté de moi, qui ne bougea pas. Bonifacio était stupéfait.

– Ce n'est plus de la promotion, c'est une émeute. Johnny Lopez au pouvoir ! Je croyais enseigner à des adultes, pas à des hommes-sandwiches. Un histrion au pouvoir, vous n'avez pas honte ?

Il y tenait à son histrion, ce mot dont je n'ai plus jamais oublié le sens.

– Qui vous aimez alors ? demanda Mercier.

Bonifacio était de bonne humeur. Il avait détourné un chahut possible en plébiscite franc et massif.

– Léo Ferré peut-être, Georges Brassens, dit-il.

– Gare au gorille, lança un élève.

– Et Elvis Presley, m'sieur ? s'écria un autre.

– Sylvie Vartan ?

Il y eut des ouh ! ouh ! qui partirent de tous les bancs.

J'essayai de dire :

– Stéphane Grappelli.

Mais ma voix fut noyée. Bonifacio risquait maintenant de voir sa classe lui échapper. Il fit claquer un pupitre, redonna de la voix et apostropha Mercier :

– Bon, retirez-moi cet accoutrement et au travail !

Durant cet intermède, Patrick Leconte n'avait pas dit un mot. Il n'était pas un collabo. Il m'avait regardé un moment d'un air patient. Laisse donc ces imbéciles s'agiter ! Quelque chose comme ça. Quarante ans plus tard, je me souviens de ce minuscule épisode de la classe d'histoire-géo de première C au lycée Charlemagne. Je revois Patrick Leconte qui n'avait rien dit et laissait ses camarades s'esclaffer. Je lui suis encore reconnaissant de son silence ou de sa solidarité.

Le soir, j'allai à l'Olympia. Je n'avais pas trouvé de jolie fille pour m'accompagner. Pas de fille du tout. J'avais pensé à inviter Leconte. Mais j'avais un peu honte de Johnny Lopez. L'hilarité dans la classe m'en avait dégoûté. J'étais influençable. J'aurais peut-être ricané avec les autres si je n'avais pas été la cible de leur hilarité. Être influençable, c'est rallier trop vite les modes ou la majorité, c'est se distraire au détriment des plus faibles, c'est collaborer encore. Les jeunes sont plus collaborateurs que les autres. L'air du temps les étourdit, les Führer, les maîtres à penser, les feuilletons de télévision ou Salut les copains. Ils ne songent qu'à se rallier. Je n'aurais pas eu trop de mal à me rallier à la cause anti-Johnny Lopez si je n'avais pas été d'office dans l'autre camp. J'allais donc seul à l'Olympia. Peut-être que Patrick Leconte aurait été content de venir, qu'il aurait écouté Johnny Lopez avec patience, qu'il l'aurait même applaudi. Je ne le saurai jamais.

La foule se bousculait dans le long couloir qui mène au contrôle. Je cherchais à reconnaître des célébrités. Il y avait des célébrités. Richard Anthony, Félix Marten, Danyk Pattison, Dick Rivers. Et aussi Patachou. Mais je n'étais pas sûr. Les flashes se multiplièrent pour des photos que personne ne verrait jamais. On ne fit pas attention à moi. Je n'existais pas. Je trouvais ça plutôt rassurant.

Je parvins au contrôle et je dus presque me mettre sur la pointe des pieds pour m'adresser à l'employé, lui demander la place à mon nom.

– Un instant.

L'employé consulta ses listes. J'étais persuadé qu'il n'y avait rien à mon nom. L'employé fut interrompu par de nouveaux venus. Il les reconnaissait.

– Monsieur Baume, voilà vos deux billets, bonne soirée !

Je n'étais pas monsieur Baume. Personne ne me reconnaissait. Si j'avais enfilé le tee-shirt Johnny Lopez, j'aurais été le seul. Ce ridicule au moins m'avait été épargné.

– Votre nom déjà ? reprit l'employé du contrôle.

– Pierre Murr.

– Un instant !

Et il finit par retrouver mon nom dans la liste.

– Deux places, c'est bien ça ?

– Non, une seule.

– Une seule ?

Il me dévisagea comme si je venais de prononcer un gros mot.

– Une seule ?

– La... personne qui m'accompagnait n'a pas pu venir.

Il me tendit mon billet d'un air dégoûté.

J'aperçus enfin Bernard du Perray près des marches qui menaient au balcon, entouré d'inconnus qui n'étaient pas le genre de mon père, qui avaient l'assurance, le négligé, la voix forte et le soupçon de vulgarité des hommes d'influence dans le domaine du show-business. Je les devinai imprésarios, agents de publicité, propriétaires de music-hall, journalistes à *Ici-Paris* ou à *Paris-Presse*. Avec eux, Bernard du Perray était à son affaire. La sonnette de rappel grésilla.

Les spectateurs gagnèrent leur place. Les célébrités étaient moins pressées. Elles savaient qu'on ne commencerait pas sans elles. C'est à ça qu'on les reconnaissait. Bernard du Perray et sa bande étaient audessus du lot. Ils se fichaient sans doute de Johnny Lopez. *My dream and you*. Ils avaient d'autres rêves. Ou d'autres ambitions. Je m'apprêtai à gagner ma place. Seul. Mais Bernard du Perray m'aperçut. Il eut la générosité de m'apercevoir.

– Peter !

Il descendit une marche, planta ses amis, me donna l'accolade.

– Tu es venu seul, Peter ?

– Elle m'a posé un lapin.

Il me crut ou bien il fit semblant. Je n'étais pas mécontent de moi. J'avais balancé ça avec une désinvolture ou un dégoût du meilleur effet.

– L'idiote ! Elle ne sait pas ce qu'elle manque !

Il n'ajouta pas un mot et retrouva sa bande. Je n'avais existé pour lui que quelques secondes. Mais quelques secondes, ce n'était déjà pas mal. Et je me demandai ce qu'il avait voulu dire. La fille qui m'avait posé un lapin était-elle idiote parce qu'elle n'applaudirait pas Johnny Lopez ou parce qu'elle ne sortirait pas avec moi ? De toute façon, il n'y avait pas de fille !

J'étais mal placé en haut du balcon. Johnny Lopez m'apparut comme une silhouette minuscule qui s'agitait sous des projecteurs bleu et vert, avec son orchestre derrière lui, que voila d'abord un rideau de gaze. *My dream and you* était attendu. *My dream and you* fut applaudi. Johnny Lopez était un professionnel. Il parlait, il chantait, il se mettait au piano, il se déhanchait en rythme. Mais je m'ennuyais. Avec Virginia, je ne me serais pas ennuyé. Ni même avec Patrick Leconte. On aurait reluqué les filles. Les célébrités et les autres. Il aurait pu aborder les autres. Une ou deux. Pour lui et pour moi. Avec sa lenteur, ses grands yeux qui insistaient mais qui n'étaient pas insolents. On aurait ri comme des collégiens après chaque échec. Nous étions encore des collégiens. Ou alors, on aurait échangé des commentaires supérieurs. Nous aurions dominé notre monde de l'avant-avant-avant-dernier rang...

Son passage à l'Olympia ne contribua pas à faire durer la carrière de Johnny Lopez. Il disparut après cette saison 1962, ce disque et cet air de *My dream and you*... Quelques jours plus tard, j'achetai le livre consacré à la division Charlemagne pour voir si l'on y faisait mention de Bernard du Perray. Son nom n'y figurait pas. Mais les souvenirs, les anecdotes qu'il avait évoqués devant moi, les balles qui arrachaient des étincelles aux barbelés, le siège de Körlin, le tatouage du groupe sanguin sous l'aisselle gauche, tout cela était rapporté par d'autres témoins. Cette coïncidence me troubla. Bernard du Perray avait-il lu ce livre pour s'attribuer ensuite des aventures, des expériences qui n'étaient pas les siennes ? Était-il en bref un imposteur ? Ou un planqué de la division Charlemagne qui s'inventait au moins un héroïsme suicidaire ?

Les mois et les années filèrent sans autres nouvelles de lui. Je m'y attendais. On ne pouvait rien espérer de cet homme. Les aventuriers sont des égoïstes. Ils vivent pour eux. Pour leurs aventures.

Parfois ils prennent plaisir à en mettre plein la vue, à estomaquer les sédentaires. Et puis ils se fatiguent de ce plaisir. A moins qu'ils n'aient peur. La peur de se voir démasqués. Car les aventuriers ostensibles ne sont jamais de purs aventuriers. Ce sont des illusionnistes. Ils durent le temps d'une illusion. Ils tiennent à préserver leur mystère. Autrement dit leur pouvoir. Et puis après, bonsoir ! Ils cherchent d'autres publics à subjuguer. Voilà ce que je compris plus tard. Mon père, que représentait-il pour Bernard du Perray ? Un vieil ami ou un nouveau public ? Moi-même, j'étais trop jeune, je l'avais bien senti. Je n'étais rien. Il n'allait pas courir le risque de se voir démasqué, lui l'imprésario sans grande gloire à part sa chanteuse égyptienne, par un adolescent qui n'était rien du tout. Juste un bref tour de magie. Des tee-shirts qui surgissent du chapeau. Ça, c'était à sa mesure ! Pour un public de mon âge. Et puis il pouvait m'abandonner. Avec le souvenir de Virginia. Avec mon père. Avec le passé. Des tee-shirts pour saluer la fin de mon enfance. Et à la prochaine fois !

Je ne crois pas avoir jamais enfilé un seul tee-shirt Johnny Lopez en dehors du quai de Béthune. La plupart servirent de chiffon de ménage.

Le pot de gomme arabique

août 1999

Il y eut deux minutes de pénombre le 11 août vers midi à Paris. Une pénombre modeste, assez ridicule au bout du compte tant elle avait été annoncée et célébrée par les télévisions, les journaux et les radios. Ne se passait-il donc rien de notable dans le reste du monde ? Ah ! ces deux minutes de pénombre, quel souffle cosmique, quel frisson mystique, astronomique, existentiel ! On allait voir ce qu'on allait voir ! En vérité, on ne vit rien du tout. Ou simplement ce qui se passe quand un objet fait écran à une source de lumière. Cela s'appelle une éclipse de soleil. Une curiosité, pas davantage.

Je m'étais tout de même posté sur le balcon pour observer l'éclipse, avec les lunettes requises pour l'occasion. Le soleil haut dans le ciel au-dessus du pont Sully apparut furtivement entre deux passages nuageux. La lune aussi fit son apparition à l'heure promise devant le soleil. Mais il continua de faire jour. Dommage ! Je me souviens d'autant mieux de l'affaire que, du balcon, je pouvais regagner d'une enjambée le bureau-bibliothèque. C'était le premier jour où j'y travaillais. La peinture était encore fraîche.

L'avant-veille, j'avais fini de lessiver et de vernir les rayonnages. Je m'installais désormais dans l'appartement de mes parents. Une date mémorable, à la réflexion.

Ce bureau avait été le cabinet de consultation de mon grand-père, dès qu'il s'installa dans l'appartement en 1906, et cela jusqu'à sa mort en 1933. Puis aussitôt après, le bureau de mon père. J'avais conservé la table aux pieds torsadés, à la marqueterie de ronce, d'ivoire et d'ébène et au tiroir qui se coinçait lorsqu'on oubliait de savonner les glissières. Elle m'avait autrefois paru immense, cette table. Un territoire où se dressaient des montagnes de dossiers, où s'épanchait le lac vert du papier buvard cerclé de cuir et que hérissaient crayons, stylos et coupe-papier dans un pichet d'étain. Maintenant, j'en prenais possession. J'apprivoisais sa géographie. Je la colonisais. Avec mes dossiers, mon ordinateur, mon propre gobelet pour mes stylos, markers et crayons de couleurs. Et elle me parut aussitôt se réduire à un territoire exigu et banal.

Un objet manquait. Je mesurai son absence en ce jour de l'éclipse. C'était un pot de faïence bleu et blanc qui avait trôné là, du plus loin que je me souvienne, et qui avait disparu je crois peu de temps avant la mort de mon père, quand il avait déjà déserté son bureau, qu'il n'était plus en mesure de lire ou de travailler. Ce pot avait-il été cassé ou bien jugé de peu de valeur et mis aux ordures ? Son nom, depuis longtemps, m'intriguait, m'incitait à la rêverie : le pot de gomme arabique !

Cette gomme arabique de couleur ambrée, sirupeuse, et qui durcissait trop vite, mon père la réchauffait de temps à autre dans une casserole pour lui redonner sa viscosité (et ma mère se lamentait ensuite de l'état de ses casseroles). Il en faisait grand usage. Il l'étalait au pinceau sur les articles et documents – les siens, ceux des autres – qu'il contrecollait ensuite dans des dossiers ou de grands cahiers. Elle avait une odeur suave, entêtante, sucrée. Un parfum des mille et une nuits. L'odeur de l'érudition et du silence. Elle s'accommodait de la pénombre. D'un temps d'éclipse.

La gomme arabique ! Il me semble que toutes les aventures, toutes les péripéties, toutes les explorations et les secrets du monde venaient se déposer et mourir là, sur ce bureau, dans le pot de gomme arabique. Comme tout était simple, alors, à mes yeux ! Les hommes se divisaient en deux catégories : ceux qui allaient en Arabie, et ceux qui se suffisaient de la gomme arabique. Ceux qui vivaient, couraient, osaient, affrontaient les dangers et les rêves, et ceux qui retenaient leur souffle, recensaient les rêves des autres, les décrivaient, les immobilisaient sur du papier. D'un côté la race des Bernard du Perray, et de l'autre celle de mon père. Le premier, héros ou pas, avait parcouru la toundra à la poursuite des armées soviétiques et il avait endossé l'uniforme allemand, l'uniforme de la honte. Et le second à cette époque continuait d'écrire pour *Le Petit Parisien*, il s'occupait de politique étrangère mais ne se rendait pas à l'étranger (à l'exception du reportage en Roumanie que j'ai évoqué), il analysait les dépêches et les communiqués, jaugeait les rapports de force, commentait les stratégies diplomatiques et militaires des pays en conflit. Et tout cela encore une fois venait se rapatrier là, sur son bureau, dans des odeurs de gomme arabique.

J'aurais aimé tout de même retrouver le dossier de ses articles du temps de guerre et d'occupation. Les lire et les apprécier, à près d'un demi-siècle de distance. Mais ce dossier n'existait plus. Mon père, de sa propre autorité, tant il était sûr de son droit, de sa probité, de son innocence, l'avait remis au juge d'instruction chargé d'instruire son cas, à la fin de l'année 1944, le juge Zousman à qui serait confiée plus tard une affaire autrement délicate : le dossier Céline. Mon père, pour lui, ce n'était rien, j'en suis persuadé. Du menu fretin. Un inculpé aussi quelconque que des centaines d'autres. Et peut-être que le juge Zousman n'aurait rien retenu à charge contre lui s'il n'avait eu en sa possession ce fameux dossier. Tous les articles de mon père ! On lui mâchait le travail. Du coup, il n'avait eu aucun mal à repérer les phrases les plus accablantes, là où mon père souhaitait par exemple la défaite des bolcheviques contre les troupes roumaines, italiennes et allemandes. Qu'était devenu ce dossier ? Sans doute oublié quelque part dans les archives de la justice, ou plus vraisemblablement détruit ou pilonné.

Mais étais-je tellement désireux d'en prendre connaissance, après tout ? Mon père avait contrecollé ses articles dans de grands cahiers avec sa gomme arabique. Et maintenant, ces cahiers étaient repartis au loin. Vers des ministères, des caves, des entrepôts, l'Arabie, nulle part. Cela valait mieux. Cela m'évitait de juger mon père sur pièces. Il y a un âge où les fils jugent leurs pères. Et puis il y a un âge où cela les fatigue, où ils ont passé l'âge, où cet exercice semble vain. Les fils ont fini de grandir. Une nouvelle question se pose pour eux, beaucoup plus décisive. Ils se demandent s'ils ne ressemblent pas à leurs pères et si la sévérité dont ils ont voulu fait preuve à leur égard n'est pas la forme la plus lâche ou la plus confortable d'échapper à leur propre examen de conscience, à cette autocritique par laquelle tout devrait commencer. En bref, ils poursuivent l'image de leurs pères et c'est la leur, adulte, qu'ils finissent par affronter.

En revanche, le cahier-registre à couverture cartonnée rouge où mon père avait rassemblé et collé ses articles de la période 1932-1938, il était toujours là, quai de Béthune. 1932, l'année où, à vingt-quatre ans, deux ans avant son mariage, il débutait dans le métier par une série d'articles intitulés « Impressions d'Allemagne », où il laissait pressentir les prochaines victoires électorales des nazis. Et 1938, où il signait une analyse consacrée à « L'orientation nouvelle de la diplomatie anglaise ».

L'odeur de gomme arabique ? Elle se confondait désormais dans ce cahier à celle du vieux papier et de la poussière. Parfois, mon père avait étalé une couche de gomme un peu trop épaisse. Elle durcissait et assombrissait la page, craquante comme du caramel, et elle faisait baver aussi les caractères d'imprimerie.

Je feuilletai ce cahier, ces articles d'une politique étrangère devenue plus étrangère que jamais. 19 juin 1937 : son papier s'intitulait « Les mystères du Kremlin », il encourageait le resserrement du pacte franco-soviétique, car il redoutait que Staline pût demain tendre la main à Hitler dans la perspective « d'une collaboration fructueuse pour deux partenaires qui sont proches à bien des points de vue ». L'analyse était prémonitoire. 28 juin 1937 encore : il craignait que Goebbels, l'apôtre des solutions violentes, ne l'emportât auprès de Hitler sur le camp des modérés de la Wilhelmstrasse. 24 octobre 1937 : il se réjouissait de l'inviolabilité de la Belgique proclamée par le Reich, mais ajoutait qu'« on serait bien naïf en s'imaginant que la Belgique puisse demeurer un îlot de paix dans un conflit où l'Europe occidentale serait aux prises ».

Mon père n'était pas dépourvu de lucidité. Était-ce chose courante à l'époque ? En règle générale, il écrivait un ou deux articles par semaine. Et je m'étonne qu'un quotidien aussi populaire que *Le Petit Parisien* ouvrît si largement ses colonnes à des articles longs, abstraits, austères, consacrés à l'analyse des stratégies diplomatiques ou guerrières des grandes puissances : « L'Europe et le drame espagnol » (26 août 1936), « La France et l'amitié italienne » (1er novembre 1936), « La conférence tripartite de Vienne » (16 novembre 1936), « L'atout militaire tchécoslovaque » (6 avril 1937), « L'offensive japonaise en Chine du Nord » (22 août 1937)... et toujours ces plaques caramélisées de gomme arabique, la terre entière venue se déposer là, en attendant la guerre si proche.

Cette guerre, quel rôle y avait joué un certain général Martigny ? Et quel rôle surtout avait-il tenu après l'armistice, à Vichy ou ailleurs ? Il avait dû être arrêté à la Libération pour des charges dont j'ignore la gravité et il était détenu à la maison centrale de Clairvaux en même temps que mon père. Le 9 août 1947, quelques jours après avoir été libéré, il avait écrit une lettre à ma mère pour lui donner des nouvelles de son mari – une lettre que je retrouvai glissée entre les pages du cahier 1932-1938. « Je lui ai serré les mains il y a peu de temps et nous nous sommes séparés avec émotion. » Un peu plus loin, il ajoutait : « Laissez-moi vous dire, Madame, combien j'ai apprécié la société de votre mari dont la grande culture, la vive intelligence et la parfaite distinction furent pour moi un précieux réconfort. » Je fais certes la part des gentillesses et de la rhétorique. Mais cette culture de mon père, le réconfort qu'il pouvait apporter aux autres détenus, non, ce général Martigny ne les avait pas inventés. Bernard du Perray le premier m'en avait parlé. Mon père réconfortait aussi Bernard du Perray, alors qu'il aurait été plus logique d'envisager le contraire : l'aventurier qui soutient dans l'épreuve le journaliste, le baroudeur endurci qui relève le moral de l'intellectuel trop fragile. Pas du tout, les rôles s'étaient inversés en prison. Là, dans cette immobilité imposée, la gomme arabique, si j'ose dire, l'emportait sur l'Arabie.

Le général Martigny ne faisait aucune allusion dans sa lettre à Bernard du Perray. Un détenu parmi d'autres, parmi des centaines d'autres, très certainement. Bernard du Perray et mon père étaient-ils donc si proches à Clairvaux ? On connaît des élèves d'une même classe, qui n'ont jamais été amis, qui se dédaignaient même et qui se croient tenus, vingt ans plus tard, quand ils se retrouvent, d'afficher une cordialité, une complicité enthousiastes, au nom d'un passé qu'ils n'ont jamais vraiment partagé. Peut-être que Bernard du Perray et mon père étaient au fond moins heureux de se revoir que de revivre, l'un en présence de l'autre et chacun pour soi, des années douloureuses qu'ils évoquaient pourtant avec mélancolie – ce regret attaché aux faits et gestes du passé, simplement parce qu'ils appartiennent au passé, à une époque plus éloignée de leur mort à venir. Peut-être que Bernard du Perray, en présence de mon père, réentendait ses conférences sur la marquise de Sévigné, retrouvait ce temps où les grands espaces, les grandes aventures, les grandes illusions lui étaient interdits, où il devait déjà s'estimer heureux d'être vivant lorsque mon père, l'homme immobile, l'homme de la gomme arabique, lui permettait de voyager. Dans les livres et dans le passé – les seuls voyages qui vaillent.

Mon Solex devant l'hôtel George V

juillet 1963

Je mentirais en disant que Bernard du Perray a obnubilé ou fasciné mon adolescence. Ses apparitions étaient trop fugitives. Et je l'oubliais entre deux apparitions. De lui, je l'avais compris, je n'avais rien à espérer. Il ne pouvait donc occuper mes attentes. Et puis, il y avait la pesanteur des choses, cette vie au quotidien, si répétitive, si épaisse, qui asphyxie toute légèreté, tout bonheur du superflu.

Johnny Lopez et sa gloire d'une saison s'effacèrent donc de ma mémoire. Bernard du Perray aussi. Il avait secoué la monotonie du quai de Béthune ou de mes vacances à La Nartelle. Mais à peine s'était-il éloigné que les heures et les jours redevenaient étales. Pour le rêve, les voyages, l'inconnu, j'avais les livres et le cinéma. Mes voyages immobiles. Ma gomme arabique à moi. Ce n'était pas si mal. Les films dont je m'abreuvais à la cinémathèque de la rue d'Ulm, les rétrospectives Murnau ou Walsh, une fois escaladée avec mon Solex la pente de la rue du Cardinal-Lemoine et de la rue Clovis. Et les romans de Jack London, de Hemingway, sans oublier une belle édition reliée des *Mille et Une Nuits* dans la traduction de Galland que je dénichai au fond des rayonnages du salon.

Oui, c'est l'année de mon bac, en 1963, que je dévorai *Les Mille et Une Nuits*. Et quand ma mère me vit m'emparer de cette édition, elle eut le sourire. Elle avait lu tous ces volumes, me dit-elle, de la première à la dernière page, peu de temps après son mariage. Elle restait seule, le soir, la nuit, dans l'appartement du quai de Béthune si vaste, si étranger encore pour elle, si peuplé sans doute des fantômes de ses beaux-parents disparus l'année précédente. Elle-même ne s'était pas installée quai de Béthune avec ses meubles. Elle n'avait pas de meubles. Mon père non plus. Il ne s'était pas installé quai de Béthune. Il continuait d'y vivre. Il n'avait pas marqué ces lieux de son empreinte. Les livres, les tableaux, les portières en tapisserie, la table de salle à manger, les poêles à charbon, tout avait appartenu à mes grands-parents, avait été choisi par eux, reflétait leurs personnalités et leurs goûts. A la seule exception du cabinet d'auscultation dont les accessoires médicaux avaient été liquidés.

Médecin, journaliste et bibliophile, mon grand-père avait aussi publié divers ouvrages scientifiques ou parascientifiques, il s'intéressait à l'occultisme, au spiritisme, à la doctrine des rose-croix, il entretenait des correspondances avec Joséphin Péladan, le Sâr Péladan, qui avait eu son heure de gloire au tournant du siècle. Il s'était inscrit dans une loge franc-maçonne. Plus par curiosité que par conviction, je le soupçonne. Et il collaborait aux pages médicales du *Petit Parisien* où mon père, tout naturellement, s'était fait lui aussi embaucher, mais à temps plein.

A quelle heure la première édition du quotidien était-elle bouclée ? Quatre heures, cinq heures du matin ? Le 2 août 1934 par exemple. Mon père vient de relire au marbre du journal, rue d'Enghien, son papier sur le maréchal Hindenburg qui s'affaiblit d'heure en heure. « Hitler laissera-t-il fonctionner normalement la Constitution pour laquelle il montrait tant de sollicitude ? Poursuivant sa politique totalitaire, voudra-t-il s'installer immédiatement dans ces fonctions suprêmes ? Se fera-t-il plébisciter une fois de plus ? Sa décision est la grande inconnue de demain... » Il a rédigé ces lignes, les a relues, il peut désormais regagner en voiture son appartement de l'île Saint-Louis. A cette heure, Paris est désert, à l'exception de l'agitation et des embouteillages près du quai de la Mégisserie et du Châtelet, les camions et les cageots qui encombrent la chaussée aux alentours des Halles. Et ma mère, la jeune épousée, l'attend. Elle n'a pas encore d'enfant. Elle est libre. Elle est gracieuse. Elle a un beau sourire espiègle et mélancolique, et aussi cette légèreté qu'elle retrouvera juste avant sa mort, quand elle ne pesait plus rien, qu'elle ne parlait plus, ne se déplaçait plus et qu'elle n'était plus que cela, un sourire, une forme de grâce et une attente, non pas l'attente de son jeune mari, mais l'attente de la mort, et qu'elle s'efforçait de hâter la course du temps, dans cet espoir. Aujourd'hui, je me la représente sans difficulté, assise, alanguie plutôt, sur la bergère du salon. Les boiseries rococo prennent une allure fantomatique sous la lumière de la lampe posée sur le piano. Les doubles fenêtres sont grandes ouvertes sur le balcon, la Seine, Paris.

Quelques voitures sur le quai de la Tournelle, en face, viennent rompre le silence. L'ombre des tas de sable se découpe sur la berge, comme celle des péniches amarrées sur deux ou trois rangs. Les bateaux-lavoirs n'ont pas encore repris leurs activités ni rallumé leurs chaudières. Quelques papillons viennent encore se brûler à la lampe du piano. Il flotte sur l'île des odeurs de marécage. La Seine est basse. Le jour va bientôt se lever. Ma mère attend son époux et elle lit *Les Mille et Une Nuits*...

Voilà ce qu'elle m'avait raconté à l'époque. Et je présume que j'avais répondu : oui, bon, très bien, en bref que je n'avais pas répondu du tout, parce que je ne cherchais même pas à me représenter ma mère jeune fille ou jeune femme occupée à lire *Les Mille et Une Nuits*. J'étais insensible au romanesque de la situation et du décor. J'acceptais volontiers que ma mère ait été une enfant. En revanche je ne parvenais pas à l'imaginer comme une jeune épouse, je ne pouvais lui faire crédit d'aucun prestige de la sorte.

Au mois de juillet 1963, je restai à Paris pour l'oral de rattrapage du bac math élem, que je finis par réussir, mais avec beaucoup moins de facilité que Jacques Anquetil à remporter cette année-là son quatrième Tour de France, tandis que Khrouchtchev continuait de régner sur Moscou, que Kennedy était encore en vie, que le pape Jean XXIII (bien trop libéral aux yeux de mes parents) venait de mourir et que je ne possédais toujours pas de microsillons de Stéphane Grappelli. Ma mère était déjà à La Nartelle. Avec mon père, nous nous partagions seuls l'appartement du quai de Béthune. Une lourde chaleur pesait sur Paris. L'air opposait une résistance de coton quand j'empruntais les quais rive gauche vers la nouvelle cinémathèque de Chaillot pour une rétrospective Howard Hawks, deux à trois films par jour en moyenne. Mon père avait renoncé à me convaincre de préparer l'École navale au lycée de Brest. Je m'étais inscrit en classe de mathématiques supérieures au lycée Charlemagne, mais je devinais que cette classe n'était pas pour moi non plus, que je n'avais rien à y faire, que je n'y serais pas heureux, que je ne serais pas au niveau. Je rêvais de mise en scène. J'aurais bien suivi une école de cinéma, mais je pressentais aussi que je n'aurais jamais les qualités requises pour être un réalisateur. Je manquais d'assurance, de culot. J'étais trop timide, trop solitaire aussi. Bref, en ce mois de juillet 1963, entre deux contes des *Mille et Une Nuits*, je me réfugiais à la cinémathèque de Chaillot pour éviter d'envisager l'avenir. Le cinéma est fort précieux pour cela. Pour ne pas envisager l'avenir.

Je me souviens de cet après-midi où *Only angels have wings* devait passer à la séance de dix-huit heures à Chaillot. J'avais encore un peu de temps avant de partir. Le téléphone sonna.

– Hi ! It's Virginia calling. You remember me ?

Virginia ! Virginia Davenport ! Si je me souvenais d'elle ? Je n'espérais plus voir surgir Bernard du Perray, mais Virginia encore moins ! Non, je ne l'avais pas oubliée. Bien au contraire. Il m'était arrivé souvent de penser à elle. Comme à quelqu'un dont l'existence était devenue problématique. Un peu comme ces voyages que l'on accomplit le temps d'un week-end, d'un aller et retour. On n'a pas le temps de s'habituer, de se construire des souvenirs. On se demande ensuite si on est vraiment parti. Virginia, de même, était devenue un soupçon. Un vertige et un soupçon. Je l'avais inventée, cette aventure d'un après-midi et d'une nuit. Tout cela n'avait pas eu le temps d'exister, de peser. Ce qu'on appelle le poids des souvenirs. Virginia était devenue un soupçon inoubliable. Le froissement d'aile d'un souvenir et d'un prénom.

Sa voix au téléphone me parut avoir pris une autorité de femme-femme et non plus de femme-enfant. Elle se mit à rire pour masquer son embarras. Son embarras, pas sa timidité. Elle n'était pas timide du tout, Virginia. Elle était américaine. Elle allait de l'avant. Elle ne s'arrêtait pas. A aucun moment, je n'aurais pu me la représenter comme une jeune épouse, dans un salon rococo de l'île Saint-Louis, plongée dans la lecture des *Mille et Une Nuits*, alors que la nuit s'achève et qu'elle attend son mari. Elle aurait été active. Ou bien elle aurait dormi de son sommeil buté de jeune femme qui a bonne conscience ou pas de conscience du tout, qui n'a pas d'état d'âme parce que c'est une perte de temps, un symptôme de cette maladie qu'on appelle l'imagination.

Elle me demanda si je pouvais la voir. Bien sûr que je pouvais la voir. Elle était à Paris pour longtemps ? Une semaine, en compagnie de son père. Ils étaient descendus au George V. Son père était plus ou moins en voyage d'affaires. C'était la première fois qu'il se rendait à Paris. Qu'est-ce que je pouvais lui proposer ? Est-ce qu'elle voulait passer quai de Béthune ? On pourrait dîner ensemble quelque part. Je connaissais boulevard Saint-Germain un restaurant grec pas trop cher, La Vieille Trousse. Virginia se fit plus hésitante. Elle répugnait à laisser son père dîner seul, le premier soir. Et si je les rejoignais au George V ? A huit heures, ça va ? Je lui dis que ça allait. Tant pis pour *Only angels have wings !* Je le verrai quelques années plus tard, et il me paraîtra un chef-d'œuvre.

Les sentiments que j'éprouvai en raccrochant ? La curiosité, l'impatience, un peu d'appréhension aussi, je crois. Je n'étais pas amoureux de Virginia. Elle n'existait pas assez pour ça. Pour l'instant, c'est comme si un courant d'air secouait la torpeur de juillet à Paris. Virginia m'évitait de penser à la rentrée de septembre. Je m'interrogeais sur les sentiments que j'éprouvais ou non pour elle.

Nous dînâmes dans la cour de l'hôtel. Il y avait de grandes tables blanches dont les parasols avaient été repliés. C'était la première fois que je pénétrais et, mieux, que je prenais un repas dans un palace de Paris. Il n'y avait guère que des Américains autour de nous. Le père de Virginia avait entre cinquante et soixante ans, les cheveux en brosse et déjà grisonnants. Jovial, assez corpulent, il s'exprimait en français avec un accent épouvantable. En bref, il me parut sympathique, et pas intimidant. Il voulut m'appeler Pierre, Pihaire, et non pas Peter.

Virginia avait un peu grossi. Elle était devenue une dame, mon impression au téléphone se confirmait. Elle portait un ensemble jupe-tailleur en lin rose, et ses cheveux étaient retenus par des peignes en écaille d'un rose plus soutenu. Au début, elle ne me dit pas grand-chose, elle m'avait serré la main puis s'était décidée à m'embrasser sur la joue, comme un bon camarade.

– So nice to see you, Peter !

Qu'est-ce que je représentais pour elle ? Qu'avait-elle retenu de notre rencontre ? Elle me parut sur ses gardes. Peut-être redoutait-elle de me voir profiter d'une intimité entre nous, qu'elle avait effacée et que pour ma part je jugeais déjà incertaine.

– Que faut-il voir à Paris ? me demanda le père de Virginia. A part la tour Eiffel et le musée du Louvre, bien entendu.

Je lui parlai de la revue du Lido avec l'assurance de ceux qui n'y avaient jamais mis les pieds. Ah ! le Lido, les Bluebell's girls ! Il était partant pour le Lido. Et pour dîner un soir à bord d'un bateau-mouche. Je n'avais jamais dîné non plus à bord d'un bateau-mouche. Est-ce que je voulais être leur guide ? Je le voulais, aucun doute, je n'avais rien à faire à Paris en ce mois de juillet. La rétrospective Howard Hawks s'achevait.

Je me souviens des rognons de veau que nous avons mangés ce soir-là, avec une sauce à la crème. Virginia but du Coca. Son père avait commandé une bouteille de Léoville Las-Cases qu'il partagea avec moi fort équitablement. Ce vin me parut sublime. Il était certainement sublime. Depuis, je ne jure plus que par le saint-julien en général et le Léoville Las-Cases en particulier.

Virginia m'apprit sans tarder qu'elle était fiancée. Et elle appuya son regard sur moi pour voir quel effet ça me faisait, quelle réaction ou quel sentiment jaillirait de moi. Qu'espérait-elle ? J'avais goûté au

Léoville Las-Cases et je me demandais si son fiancé buvait comme elle à table du Coca, mais je dis simplement à Virginia que j'étais très heureux pour elle, que je la félicitais. Le père de Virginia ajouta que son futur gendre achevait une école d'officiers de marine et qu'il comptait sur lui pour dresser un peu sa fille, la discipliner. Elle haussa les épaules. Il nous resservit du Léoville Las-Cases.

– Dad, you drink too much !

Virginia voulait reprendre l'avantage. Elle avait beau jeu de lui adresser un tel reproche. Avait-elle oublié ce que sa mère, Lynn, avait ingurgité à Sainte-Maxime et à Saint-Tropez deux ans plus tôt ? Du coup, je lui demandai des nouvelles de sa mère. Virginia me regarda avec inquiétude. Avais-je prononcé un gros mot ? Son père se retourna vers elle, comme pour lui dire : eh bien ma fille, réponds ! Virginia redoutait peut-être de me voir prononcer aussi le nom de Bernard du Perray. Pour l'instant, je n'en avais pas l'intention. Elle parut soulagée et me dit que sa mère allait bien mais qu'elle ne vivait plus avec elle. Je renonçai à lui demander si sa mère chantait toujours à Las Vegas, si elle s'était remariée, si elle avait sombré dans l'alcoolisme ou la drogue. Le chapitre était clos.

Le père de Virginia commanda des mille-feuilles.

Près du bar, à une table, il y avait un groupe d'Américains encerclés par des photographes. Il me sembla que l'un d'eux ressemblait à Jack Lemmon qui venait d'interpréter avec Shirley MacLaine *Irma la douce* sous la direction de Billy Wilder. Avait-il pris goût à Paris ? Je glissai tout bas à Virginia que ce devait être Jack Lemmon, là, derrière elle.

– Qui ? s'écria le père de Virginia.

Virginia se fit plus discrète pour se retourner. Oui, c'était Jack Lemmon. Elle demanda à son père son carnet de rendez-vous, dont elle arracha une page, elle lui emprunta son stylo et elle fila, dans son tailleur rose bonbon, pour demander un autographe à Jack Lemmon. Je l'examinai de dos, Virginia. Les hanches déjà un peu lourdes. Et lestée de cette assurance des Américaines qui connaissent leurs atouts et leur avenir, qui se délectent de leur bonheur de l'instant et escomptent les revenus des bonheurs qu'elles capitaliseront plus tard. Je n'avais pas eu tort, il y a deux ans, de trouver qu'elle ressemblait déjà à Doris Day. Elle était devenue Doris Day. Potelée et convenable. Je la vis se pencher vers la table où il y avait Jack Lemmon. Elle devait lui adresser l'un de ses sourires-grimaces qu'elle jugeait irrésistible, avec son rouge à lèvres si brillant, et qui laissait des traces, comme le rouge à lèvres de ma mère et des amies de ma mère.

– Alors, pas trop déçu que notre Virginia soit fiancée ? me demanda en souriant son père.

Je me tournai vers lui. Oh non, je n'étais pas déçu du tout. Doris Day ne m'avait jamais fait tourner la tête. Mais je me contentai devant lui d'un sourire fataliste. Je ne pouvais faire moins.

– C'est la vie ! ajouta-t-il.

Il sourit et me versa en guise de consolation le reste de la bouteille. Un Léoville Las-Cases, ça crée une complicité entre hommes.

Virginia revint avec son autographe. Elle était triomphante. Je dis à Virginia que ce n'était pas correct de faire des infidélités à Tab Hunter. A qui ? J'insistai : à Tab Hunter qu'elle aimait tant il y a deux ans, quand on avait écouté ensemble *Red sails in the sunset*. Elle afficha une mine dégoûtée.

– Oh ! Tab Hunter.

Je lui dis encore, mais cette question arrivait avec deux ans de retard :

– You know his real name ? Arthur Gelien. It sounds a bit ridiculous, Arthur Gelien, you don't think so ?

Trop tard pour ma revanche. Arthur Gelien ou Tab Hunter, elle s'en fichait pareillement. Une époque révolue. Des goûts de petite fille. Une autre Virginia avait dû aimer Tab Hunter. Mais cette Virginia était morte. Une nouvelle Virginia se tenait devant moi, pour qui Tab Hunter était un étranger. Je crois que les garçons deviennent adolescents, adultes, vieillards, mais qu'ils restent plus ou moins fidèles à eux-mêmes, dotés d'un caractère qu'ils préservent, enrichissent ou affaiblissent d'un bout à l'autre de la vie. Les filles ne vieillissent pas. N'évoluent pas. Elles changent de vie. Elles ont plusieurs vies. J'étais resté à peu près le même depuis deux ans. Pas Virginia. Elle avait abandonné quelque part la défroque de l'ancienne Virginia teenager qui idolâtrait Tab Hunter. Elle l'avait oublié. De qui parlais-je donc ? Je n'insistais pas.

Au dessert, son père se leva et nous quitta avec brusquerie. Il avait des coups de fil à donner.

– Good night, be good and if you can't be good, be careful ! dit-il à sa fille avec le sourire.

– Oh ! Dad ! Don't be foolish !

Le père avait compris que Virginia était désormais une femme ou une fiancée, qu'elle ressemblait à Doris Day, qu'elle traçait seule sa route avec son ensemble de lin rose et qu'il ne pouvait la protéger que par son affection, son humour et aussi un peu par ses dollars. Elle lui souhaita une bonne nuit et l'embrassa. Un petit baiser sur les lèvres. Je n'avais pas l'habitude de ça. D'un baiser sur les lèvres entre parents et enfants. Une habitude, rien de plus. Qui n'avait rien de choquant ou d'ambigu. C'était juste un peu bizarre pour moi. Embrasser quelqu'un sur les lèvres : un signe de tendresse, une pichenette familiale, une tradition en Amérique, rien de plus ? Ah bon...

On fit quelques pas, Virginia et moi, on emprunta l'avenue George-V vers les Champs-Élysées. Il devait être dix heures du soir. La nuit était tombée. Une nuit d'été, tiède et incrédule. Virginia me prit par le bras. Elle s'appuya à mon bras. On ressemblait à un vieux couple. Je lui demandai si elle ne se sentait pas trop fatiguée par le voyage, le décalage horaire. Elle me fit un sourire ou une grimace, la même qu'elle avait dû adresser à Jack Lemmon.

– Oh ! it's OK !

Et ensuite elle me parla de son fiancé, David. Elle avait fait sa connaissance à une party chez des amis de son père à New York. Je hochai la tête. J'attendis la fin de l'histoire. Et je lui posai la seule question qui me venait à l'esprit, en guise de commentaire :

– Are you happy ?

De nouveau, elle appuya son regard sur moi, avec insistance, comme pour en faire jaillir un peu de chagrin. Voilà ce qu'elle espérait : que je lui fasse la charité d'un peu de chagrin. Elle recommença sa grimace.

– Poor Peter ! me dit-elle d'un air désolé.

Bien entendu, elle était heureuse. Elle cessa de s'appuyer à mon bras, elle s'arrêta et m'embrassa sur les lèvres, là, à l'angle des Champs-Élysées. Un baiser un peu plus prononcé qu'à son père. Pour me consoler. Elle espérait tant que j'aie besoin d'être consolé ! Je ne tenais pas à la détromper. Je m'en fichais. Je n'avais pas d'amour-propre ni d'amour tout court envers elle. Mais je voulais bien être consolé de mon absence de chagrin. Mon silence lui parut éloquent. Comme si je refoulais une peine trop puissante pour être exprimée.

– I'm sorry, Peter, dit-elle encore.

Je lui rendis son baiser. Un baiser pas tout à fait paternel.

– It's OK, Virginia, lui répondis-je. I hope I shall survive.

Je me mis à rire d'un rire volontairement forcé. Elle voulut bien sourire aussi.

– Thank you, Peter !

Virginia avait envie de remonter les Champs-Élysées. Elle restait appuyée à mon bras. De temps en temps, elle s'arrêtait devant les boutiques. Elle se pâmait devant des jupes, des twin sets, des chemisiers qui lui ressemblaient, tape-à-l'œil, acidulés. Une jeune Américaine qui prépare son trousseau. Qu'est-ce que je fichais là ? J'avais raté par sa faute *Only angels have wings* et étais obligé d'admirer dans une vitrine un horrible pull où s'étalait un oiseau tricoté avec une laine argentée.

– Do you like it ?

Je me contentai d'une expression un peu désinvolte qui voulait dire : ouais, pas mal. Elle insista. Est-ce que ça lui irait, est-ce que c'était son genre ?

Virginia était une jeune Américaine qui prépare son trousseau mais elle avait beau s'accrocher à mon bras (ma mère aussi s'accrochait à mon bras avec la même insistance, elle souffrait d'une claudication due à une maladie de la moelle épinière), moi je refusais de jouer le rôle du futur époux, je me fichais de ce tricot avec son oiseau en laine argentée.

On parvint au drugstore. C'était quelque chose, ce drugstore des Champs-Élysées ! Il n'y en avait pas beaucoup comme ça en France, à l'époque. Où l'on pouvait dîner, boire un verre, acheter des gadgets, des livres, des journaux, où il y avait une pharmacie et un épicier-traiteur ouverts jusqu'au plus profond de la nuit. Je proposai à Virginia un verre ou l'une de ces coupes mousseuses de chantilly, avec des coulis de framboise ou de chocolat, des fruits et de la crème glacée. Non, elle n'y tenait pas. Elle préféra redescendre les Champs-Élysées de l'autre côté, et se rassasier des boutiques de mode.

– Your mother, she is still singing somewhere, at Las Vegas for instance ?

Virginia me tourna le dos et préféra s'abîmer dans la contemplation d'une nouvelle vitrine. Puis elle finit par me dire que oui, Lynn (elle dit « Lynn » et non « my mother » ou « mam », elle dit « Lynn » comme s'il s'agissait d'une amie, d'une vieille femme lointaine et pas du tout de sa mère) devait toujours chanter, à Las Vegas sans doute, c'était son habitude.

Puis elle se tut. Maintenant, elle vivait avec son père, elle était fiancée à un futur officier de marine et Las Vegas, l'alcool, le jeu, les artistes de night-clubs, tout cela la dégoûtait, elle ne voulait plus en entendre parler. Une autre Virginia était devant moi. Une adulte aux lèvres peintes, qui portait un ensemble de lin rose bonbon et vivait à New York. Une adulte.

J'insistai :

– And Bernard du Perray ? Do you remember Bernard du Perray ?

Elle eut un ricanement de dédain. Ce Bernard du Perray, mieux valait l'oublier, n'est-ce pas ?

– Have you met him again ?

– My mother's lover ? Of course not ! me répondit-elle avec un mépris qui devait englober et sa mère et l'amant.

– He was also his agent, no ?

Elle secoua la tête d'un air affligé.

– What do you mean ?

Elle n'attendait pas de réponse à cette dernière interrogation. Non, elle préférait contempler les vitrines. Je lui fis tout de même remarquer que c'était grâce à Bernard du Perray que nous nous étions connus. Elle m'approuva, elle consentit à cela, et m'adressa un tendre sourire qui me rappela un peu la Virginia d'il y a deux ans. Elle semblait me prendre pour son complice, une victime comme elle, un rescapé, un évadé du gang Lynn Davenport-Bernard du Perray. Mais pour moi, non, ce n'était pas du tout ça, je l'aimais bien, ce gang, je n'étais pas l'une de ses victimes !

On reprit notre marche vers le rond-point des

Champs-Élysées. J'en avais assez des boutiques de mode et du trousseau de mariée de Virginia. Je lui proposai de venir chez moi, maintenant, de visiter mon appartement dans l'île Saint-Louis. Elle resta bouche bée. Je lui racontai que c'était un appartement historique, que Baudelaire y avait peut-être habité.

– On peut prendre un taxi, ajoutai-je. Dans cinq minutes, on y est.

Je crus un moment qu'elle allait accepter et que j'étais en passe de jouer les Bernard du Perray, les tombeurs d'Américaines, même si je possédais un Solex et non une Triumph.

– You want to make love with me ? me demanda-t-elle avec le plus grand sérieux.

Elle avait compris l'essentiel.

– Why not ?

Inutile d'insister avec Baudelaire, j'ajoutai que nous pourrions être prudents comme son père l'avait dit et que je la raccompagnerais à son hôtel à l'heure qu'elle voudrait. Après tout, j'avais laissé mon Solex sur le trottoir en face du George V, il fallait bien que je le récupère.

Elle éclata de rire. Non, je n'étais pas Bernard du Perray.

– But I'm engaged, Peter ! dit-elle en retrouvant ses esprits.

Et alors ? J'avais bien compris qu'elle était fiancée. Je n'y voyais aucun inconvénient. Mais son fiancé était aux États-Unis et il préparait une école d'officiers de marine, le malheureux alors que je venais d'y échapper ! Virginia et moi descendions les Champs-Élysées par une nuit de juillet, nous déambulions à des milliers de kilomètres de l'Amérique et de l'US Navy, rien ne nous retenait. Mais ce n'était pas le point de vue de Virginia. I'm engaged, Peter!...

Elle voulut m'embrasser tout de même. Un lot de consolation. Un gros lot, c'est vrai, un bon gros baiser comme elle les avait vus au cinéma, même avec Doris Day, les amoureux de Paris, travelling sur les Champs-Élysées, lèvres entrouvertes, glamour, violon et fondu enchaîné. Sauf qu'avec Virginia il n'y avait pas de fondu enchaîné, on n'enchaînait sur rien. Elle voulait bien s'offrir un baiser, un frisson à Paris l'été. So romantic! Un boy friend à Paris, mais pas davantage. Elle était fiancée, elle me le rappelait. Une petite transgression pour une petite bourgeoise. Moi, j'en avais assez. Je la raccompagnai à son hôtel.

Virginia, quand j'avais fait sa connaissance, quand il m'était arrivé de repenser à elle, avait bénéficié du prestige de Bernard du Perray, l'homme qui avait rencontré Kim Novak! Virginia avait même bénéficié du prestige de sa mère qui fréquentait le show-business, Hollywood ou pas. Virginia, grâce à eux, avait représenté l'Amérique, mais aussi l'aventure, l'exotisme, les audaces et la liberté de mœurs. Je m'étais trompé. Virginia ne représentait rien. Elle n'avait pas rencontré Kim Novak. Elle demandait un autographe à Jack Lemmon comme une shampooineuse. Elle se situait de l'autre côté de l'écran, de la scène, des audaces. Une spectatrice. Une jeune Américaine conformiste. Une future épouse. Disposée encore à embrasser un garçon quand son fiancé lui tournait le dos, mais pas davantage. Ce qui à mon sens était trop ou trop peu. J'aurais préféré le grand amour. Ou une rieuse et désinvolte liberté de mœurs. Mais pas ça, non ! Pas ces transgressions à la petite semaine ! Bernard du Perray, lui, il avait couché avec une chanteuse vieillissante et alcoolique de Las Vegas. Et puis il devenait l'amant d'une chanteuse illustrissime d'origine égyptienne, il faisait de la prison, il trahissait son pays, il me faisait miroiter des disques de Stéphane Grappelli et il ne tenait pas ses promesses. Il faut du culot pour ne pas tenir ses promesses. J'appréciais au moins ce culot. Il lançait Johnny Lopez en France et c'était un échec retentissant. En tout cas, il ne comptait pas ses tee-shirts pour tenter d'y parvenir. Bernard du Perray était peut-être mythomane, il n'était certainement pas médiocre. La mère de Virginia non plus ne l'était pas. Je l'imaginais aujourd'hui vieillie, fatiguée, recluse dans un hôtel de Las Vegas de troisième catégorie. J'aurais pu me laisser séduire par elle. Et vivre grâce à elle à la manière d'un personnage d'une nouvelle de Fitzgerald ou de Hemingway. Ce n'était pas donné à tout le monde de ressembler à un personnage de Fitzgerald ou de Hemingway. Virginia était loin du compte. Elle ressemblait à Doris Day. Me serais-je fiancé à une fille comme Virginia si j'avais préparé l'École navale au lycée de Brest ? Mais j'avais échappé à l'École navale. Virginia n'était pas pour moi. Et je n'étais pas un militaire pour elle.

– Tu savais, lui dis-je précipitamment, que Bernard du Perray pendant la guerre s'était engagé comme soldat, mais du mauvais côté, dans une légion française alliée des Allemands et donc ennemie des Américains, si tu préfères.

– What do you say ?

Elle n'avait pas compris un mot de mes propos. Je les lui traduisis avec un peu de sadisme ou de provocation. Elle me regarda d'un air hébété.

– You mean he was fighting against America ?

– No, against Russia !

Elle parut soulagée. S'il avait combattu contre les Russes ou les communistes, alors tout était pour le mieux ! Elle était une petite fille du général Patton et elle ne le savait pas. De toute façon, cela ne la concernait pas, pas plus que la guerre de Troie. Charmante Virginia ! Comme elle était de son temps ! Je veux dire, comme elle n'était d'aucun autre temps ! Elle se moquait du passé. Et l'avenir n'avait désormais pour elle que des couleurs matrimoniales.

Je la raccompagnai à son hôtel. On s'embrassa sur les deux joues devant le portier en uniforme de carnaval.

Le lendemain, je demandai à mon père s'il avait des nouvelles de Bernard du Perray.

– Non, pourquoi ? me répondit-il.

Retour au grand amphi

septembre 1999

Les gens entraient et sortaient librement. Que se passait-il à la Sorbonne ? On était un dimanche. Je marchais rue des Écoles. Je m'approchai des portes grandes ouvertes par où j'aperçus le hall d'entrée et le double escalier d'honneur. Un calicot était déployé à l'intérieur, *Journées du patrimoine*, en lettres rouges sur fond blanc. Ce week-end-là, ambassades, ministères, mairies et même le palais de l'Élysée ouvraient leurs portes au public. Comme je n'avais rien à faire et m'étais octroyé une pause dans mon travail, je pénétrai à mon tour dans le hall.

Pas question d'entreprendre un pèlerinage, de me laisser attendrir trente ans plus tard par des lieux que j'avais parcourus ou habités quand j'étais étudiant, et d'éprouver ce sentiment douceâtre de mélancolie, d'attendrissement et d'incrédulité aussi. Comment, la Sorbonne, ce n'était donc que ça, etc. Non, je décidai de jouer les touristes. Avec docilité. A la découverte du patrimoine. Jusqu'à présent, je n'avais jamais considéré la Sorbonne comme un patrimoine, mais comme une université. Une question de regard. Ou d'années écoulées. Ça changerait.

Le double escalier donc. Le grand amphithéâtre. La fresque de Puvis de Chavannes... Les visiteurs s'asseyaient sur les gradins. Regardaient autour d'eux. Les statues de Descartes et Pascal dans leurs niches. Ces visiteurs étaient comme au théâtre, au musée. Saisis de respect. Ils parlaient à voix basse. Les gens font rarement les matamores dans les églises ou les châteaux. Ils admirent ce qu'on leur dit d'admirer. Ils écoutent le guide. Ils ne chahutent pas. Ils chuchotent. Et je me retrouvai parmi eux. Silencieux et circonspect. Aucune parole professorale ne s'élevait du grand amphi.

Depuis longtemps, la Sorbonne n'était plus la Sorbonne. Son prestige était derrière elle. Sa légende. D'autres universités avaient bourgeonné. Des numéros. Paris 1, Paris 2, Paris 3. Quel était le numéro affecté à la Sorbonne ? De toute façon, elle n'était plus qu'un numéro, un matricule. Je ne savais même pas si l'on donnait encore des cours magistraux dans le grand amphithéâtre. Je me levai après quelques minutes et poursuivis ma visite, mes errances. Pourtant rien n'avait vraiment changé dans le décor, me sembla-t-il. Mais pour la première fois, je regardais d'un œil attentif les fresques et les peintures académiques sur les murs. En amateur qui n'a plus que cela à faire. Avec une sérénité bienveillante.

Quand la Sorbonne était-elle morte ? Peut-être durant les journées de Mai 68, où elle connut sa dernière grande crise, son chant du cygne. Ensuite, elle cessa d'être un symbole. De même que le quartier Latin cessa d'être le rendez-vous des étudiants pour s'ouvrir aux touristes, et qu'aux librairies succédèrent les pizzerias, restaurants grecs et autres fast-foods. Bientôt, la rue des Écoles n'eut plus d'écoles que le nom. Oui, la Sorbonne relevait désormais des « journées du patrimoine ». Un lieu de mémoire, pas davantage.

Moi-même, depuis quand n'y avais-je pas remis les pieds ? En 1967, après avoir renoncé aux mathématiques supérieures et suivi la classe préparatoire à l'Institut des hautes études cinématographiques, j'y avais achevé une licence de lettres. Mais il y avait eu 1968. Et j'étais revenu, j'avais occupé la Sorbonne. Occupé est un bien grand mot. Je m'y étais rendu en curieux, en complice, en observateur. Je vivais depuis peu avec Henriette qui portait le beau prénom si démodé de ma grand-mère que je n'avais pas connue. Et là, à la Sorbonne, en mai 1968, j'avais retrouvé Bernard du Perray. Ma dernière rencontre. La fin d'une éducation si l'on veut. La Sorbonne au printemps 1968. Comment ne pas y repenser ?

Un cow-boy à la Sorbonne

mai 1968

En mai 68, je n'avais plus de professeurs à contester, de revendications à formuler, d'indignations à vociférer, de pavés à balancer. Je voulais bien être solidaire des mouvements étudiants. Mais de loin. A vingt-trois ans, dans l'agitation qui régnait autour de moi, je me sentais déjà vieux. La vieillesse est d'abord un état d'âme ou de diplôme. Je rédigeais un doctorat de troisième cycle de littérature française, mais mon directeur de thèse enseignait depuis peu à la faculté de Nanterre où je l'avais suivi. En fait, je n'y mettais pas davantage les pieds. Je ne me sentais guère étudiant. Du coup, l'agitation de Mai m'amusa tout de suite mais me rendit sceptique, incrédule. Je souscrivis aux plus beaux slogans libertaires. Et je pensai à autre chose. Peut-être à Henriette qui partageait ma vie et qui, en matière d'études, avait basculé de l'autre côté : les livres, elle ne les consultait plus pour passer des examens, elle les lisait pour le plaisir et elle les vendait pour gagner sa vie, elle était libraire... A la Sorbonne, on pouvait respirer un parfum de révolution. Les étudiants, les flâneurs, les lycéens, tous le respiraient à plein nez. Ils s'en grisaient. J'aurais bien voulu me griser moi aussi. Je respirai à plein nez.

J'essayais. Mais je ne sentis pas grand-chose. Rien à faire, je ne croyais pas à la révolution.

« Une révolution est une opinion qui trouve des baïonnettes », avait dit Bonaparte. Dans la cour de la Sorbonne, où se cachaient les baïonnettes ? Les « Katangais » étaient des soldats d'opérette. Les barricades ? Un jeu de rôle pour imiter les vraies barricades de la Commune ou de 1848. Personne ne risquait sa peau. Au pire, on recevait des boules puantes ou des bombes lacrymogènes. On faisait semblant de se croire vulnérable ou mortel. On se persuadait que c'était pour de vrai, comme disent les enfants. De l'autre côté des barricades, en revanche, je me représentais fort bien les forces de la police, de l'armée, mais surtout cette formidable *inertie* de la société française que ne parvenait pas à émouvoir le bouillonnement des mots en liberté. Peut-être que je ne croyais pas assez, moi aussi, à la force explosive des mots. En vérité, je m'étais déjà prémuni contre les illusions de la politique, ses mensonges, ses égarements qui pouvaient se révéler tragiques ou misérables. Il y avait eu mon père et le spectacle des amis de mon père, après la guerre, quand j'étais enfant. Il y avait eu les silences de mon père et aussi les imprécations de mon père et de ses amis, leurs excès qui ne m'avaient pas révolté, non, qui m'avaient simplement fait sentir la nécessité de m'en protéger, de chercher un abri. Dans la cour de la Sorbonne s'affichaient toutes les générosités, mais aussi toutes les menaces d'un bonheur que l'on proclamait de façon si péremptoire. Une révolution ? Le mot de révolution m'inquiétait. Encore une fois, en ces soirées de printemps à la Sorbonne et au quartier Latin, je ne parvins pas à me persuader des chances d'une révolution. Je regagnais mon domicile, amusé et circonspect. Henriette était souffrante, dans l'impossibilité de se lever par suite d'une hernie discale, d'un tassement très douloureux de vertèbres. Elle avait coltiné trop de livres, des grossistes à sa librairie. Un faux mouvement. Je lui racontais ce que j'avais vu. J'avais plaisir à tout lui raconter.

De ces journées de mai, une seule à vrai dire s'impose, celle qui me vit retrouver Bernard du Perray dans la cour de la Sorbonne, sur les marches qui conduisaient au flanc de la chapelle. C'était une fin d'après-midi. Il y avait foule dans la cour. Mais je le reconnus tout de suite. Il allait vers la cinquantaine. Il me parut vieux, très vieux. Pour un peu, il aurait rattrapé mon père. Et d'autant plus vieux qu'il voulait paraître jeune. Il portait un jean, une chemise à carreaux rouges et jaunes de type cow-boy. Avait-il toujours une Triumph ? Certes, beaucoup de professeurs, d'écrivains, de philosophes voulurent profiter aussi de ces journées de printemps pour se rajeunir. Ils s'abaissèrent devant cette nouvelle divinité que représentait la jeunesse afin de faire oublier leurs péchés ou leur âge, ce qui était la même chose, afin de faire oublier leur autorité, leur savoir ou leur mémoire, ce qui était toujours la même chose. Désormais, ils se prétendaient à l'écoute. Ils mendiaient un peu de jeunesse, un peu de ces miettes d'exaltation et de contestation, un peu de cette *joie* de Mai 68. Ils voulaient tutoyer les jeunes, mais surtout être tutoyés par eux. Ils y parvinrent, mais sans soupçonner que ce tutoiement à leur égard n'était pas un signe d'égalité, mais une violence qui leur était faite. Une charité teintée de mépris.

Mais si je me trompais ? Bernard du Perray en blue jean cherchait peut-être moins à fraterniser avec les étudiants rassemblés autour de lui qu'à renouer avec sa propre jeunesse qui, elle, s'était enfuie. Il ne me reconnut pas dans la foule. Mai 68, ce fut d'abord cela : une foule, le bonheur de l'anonymat. On ne reconnaissait personne. On connaissait tout le monde. La parole était devenue confuse ou anonyme. Il n'y avait pas d'auteurs. Ni de droits d'auteur. Les slogans étaient à ceux qui les attrapaient, les retenaient. Graffiti, dessins, caricatures, tout était le fruit d'ateliers, d'un travail collectif. La jeunesse était collective. Quand on prend de l'âge, on devient singulier. L'expérience creuse sur le visage ce qu'on appelle une personnalité. La jeunesse n'a pas de rides. Bernard du Perray voulait faire oublier ses rides. Il avait endossé un uniforme : blue jean et chemise cow-boy. Les vieux sont toujours un peu ridicules en uniforme, surtout les anciens combattants, les vétérans dont les vareuses croulent sous les décorations comme les maréchaux de l'ancienne armée soviétique. Cela ne passe pas, cela a quelque chose de pornographique ou de clownesque. Bernard du Perray n'était pas vraiment clownesque. Il ne serait jamais clownesque à mes yeux. Il avait trop d'autorité pour cela. Simplement il se faisait remarquer. Il avait raté son coup.

Que disait-il aux jeunes qui faisaient cercle autour de lui ? Je me rapprochai. Il ne me prêta aucune attention. J'avais changé depuis le printemps 1962, depuis Johnny Lopez à l'Olympia. On ne s'était pas revus depuis. Ma famille était restée sans nouvelles de lui. Il y avait eu l'affaire des tee-shirts et puis plus rien. Qu'était-il devenu ? Toujours l'agent ou l'amant de la chanteuse égyptienne dont la carrière restait à son zénith ? Toujours aussi flamboyant ou illusionniste ? Il avait disparu et je l'avais oublié. Mon père aussi avait dû l'oublier. Peut-être avait-il dit une fois : tiens, il y a longtemps que je n'ai pas eu des nouvelles de Bernard du Perray, et ma mère avait souri comme si l'énoncé de ce nom était déjà une extravagance, mais cela n'avait pas été plus loin. Bernard du Perray avait cette aptitude que, de ma vie, je n'ai vraiment décelé que chez lui, et qui consistait à occuper tout l'espace, à prendre toute la lumière, à capturer toutes les attentions dès qu'il se trouvait quelque part, et à se faire oublier aussi vite dès qu'il s'était retiré. On aurait dit qu'il était constitué d'encre sympathique. Sans l'ombre d'un doute, il était sympathique. Il s'effaçait. Peut-être parce qu'il n'avait pas assez de force ou de vérité pour résister au silence ou à l'éloignement. Mais, pour l'instant, il était là. Surgi en plein cœur de la Sorbonne. Et je ne voyais que lui. Comme silhouette individualisée, je veux dire. Les autres, c'était la foule. Lui, il s'imposait. Il retrouvait sa force ou sa vérité. Il s'en grisait. Il ne voyait pas les jeunes gens qui l'entouraient. C'était un public. On ne détaille pas un public. On le compte.

Bernard du Perray avait changé. J'avais changé bien plus encore durant ces six dernières années. Entre dix-sept et vingt-trois ans, il y a un gouffre. Désormais, j'avais ouvert mes fenêtres de l'autre côté. Je n'espérais plus devenir adulte. J'étais adulte et ce n'était pas si bien que ça. Je jouais à d'autres jeux. J'avais laissé de l'autre côté les cours de récréation et les reliquats de mes rêves, le cinéma, la mise en scène. J'avais encore d'autres rêves mais plus rares, plombés du poids ou de la peur des responsabilités. Je me mis à jouer des coudes, à me rapprocher de Bernard du Perray jusqu'à lui faire face. Rien à faire. J'étais toujours un étudiant parmi d'autres. Je le dévisageai jusqu'à l'indécence. Oui, il me parut vieux. Pour lui, il n'était plus question d'éternité. Cet homme allait mourir un jour. Oh ! pas tout de suite, mais un jour. Pour la première fois, il me parut vulnérable. Piloter une Triumph ne protège donc pas à tous les coups de la mort. Alors que les jeunes gens rassemblés autour de Bernard du Perray, eux, étaient immortels et que, moi aussi, j'étais immortel. Nous étions la jeunesse, cette abstraction. Les abstractions ne meurent pas. Bernard du Perray n'était pas une abstraction. C'était un drôle de numéro, comme disait ma mère. Il s'exaltait auprès de ces jeunes gens dans la cour de la Sorbonne, il courait après la jeunesse, cette abstraction, ou après une forme d'éternité. Celle qu'il avait dû ressentir quand il avait eu dix-huit ans et qu'il s'était engagé dans la Légion des volontaires français contre le bolchevisme.

Je ne me souviens plus au juste de ses propos. Quelque chose du type : moi aussi j'ai connu ça autrefois, l'ivresse du combat, l'idéal. Courage ! on va réussir cette fois à changer le monde, à braver les interdits, l'autorité. Faisons l'amour, faisons la fête !... Si bien que je me demandais s'il ne cherchait pas à draguer des étudiantes qui lui auraient fait la charité de leurs corps par amour de la révolution. La vie est une fête, reprenait-il, on ne s'insurgera jamais assez contre les trouble-fête, c'est-à-dire contre les ennemis de toute révolution !...

Bernard du Perray avait compris le côté kermesse de ces journées de Mai, ce grand spectacle sans metteur en scène, ce happening à la poursuite du bonheur qui continuait d'être une idée neuve. Mais je trouvais sa hâte un peu étrange. Les fêtes, les griseries, le bonheur, le refus du conformisme, il les avait déjà eus en partage. Les carcans de la bourgeoisie ne l'avaient jamais étouffé. Il avait fréquenté des chanteurs, des acteurs, Kim Novak, Lynn Davenport. Qu'est-ce qu'il avait à attendre, lui, de la nouvelle révolution sexuelle ? Mais il y avait plus. Il y avait sa façon de convoquer son passé, de le revivre, de tirer un trait d'union entre son engagement dans la LVF et les revendications de la Sorbonne un quart de siècle plus tard. Je ne voyais pas le rapport. Sinon que les causes les plus détestables ou les plus inoffensives sont toujours affaires d'embrigadement, de trompeuses espérances.

Je ne m'étais jamais penché sur les raisons qui avaient poussé Bernard du Perray à s'engager sous l'uniforme allemand durant l'Occupation. Cette même volonté d'ignorance et de silence qui, de façon plus décidée encore, pesait sur le passé de mon père. Et puis, je l'ai dit, Bernard du Perray se laissait si facilement oublier. De l'encre sympathique. Plus rien sur la page. On ne pense pas à une feuille blanche. Mais là, dans la cour de la Sorbonne, je ne pouvais plus ne pas y penser. Les signes réapparaissaient.

Bernard du Perray restait confus dans ses harangues. Il jouait les libertaires. Il n'entrait pas dans les détails. Il ne claironnait pas aux jeunes gens qui l'entouraient qu'il avait porté l'uniforme de Waffen SS, d'Oberscharführer en Poméranie, qu'il avait prêté main-forte, à l'heure de son crépuscule, à l'une des idéologies les plus noires de l'histoire. Non, son engagement présent témoignait d'une étrange sincérité, il s'exaltait, il parlait d'idéal. Voilà ! Et son engagement passé avait été aussi une affaire d'idéal. Ce qui ne constitue pas une excuse mais un éclaircissement. Quel opportunisme aurait pu pousser le jeune Bernard du Perray à s'engager dans l'armée allemande contre les Russes ? La solde devait être misérable, les chances de promotion minimes et la probabilité de se faire tuer fort élevée. Tout simplement, il y avait cru. Le communisme était le mal absolu. Un idéal, c'est d'abord cela : l'existence d'un ennemi idéal. Tout devait être parti de là. De l'ennemi idéal. Je ne savais rien de précis sur sa famille et sur son père qui avait été officier. Une particule. Une lignée noble, provinciale, la tradition vendéenne et catholique, mettons. On prend les armes pour un oui ou un non. L'esprit de croisade ou de jacquerie. Mais cet esprit, il aurait pu l'orienter du bon côté. Mû par le même altruisme. Il aurait quitté sa famille et pris le maquis. L'ennemi idéal aurait été le nazi. On l'aurait fêté en héros. Et il ne se serait pas retrouvé à Clairvaux comme un proscrit dans la France d'après-guerre, en compagnie de mon père qui n'était pas un aventurier du tout, qui était en prison parce que, lui, il avait peut-être été trop passif, qu'il n'avait pas songé à donner sa démission du *Petit Parisien* dès lors que ce journal continuait de paraître sous le contrôle de la censure allemande. Curieuse opposition : Bernard du Perray avait été retenu prisonnier à Clairvaux parce qu'il avait été un héros, un héros du mauvais côté certes, mais un héros. Et mon père parce qu'il ne l'avait pas été. Mais tous deux avaient été obnubilés par la haine d'une même idéologie : l'idéologie communiste, l'ennemi idéal dont ils avaient souhaité la défaite au plus mauvais moment.

Dans la cour de la Sorbonne, Bernard du Perray renouait-il vraiment avec sa jeunesse ? L'anticommunisme était toujours à l'honneur. Mais cette fois-ci, il s'insurgeait contre toutes les idéologies, tous les appareils, tous les piédestaux. Mai 68, au fond, c'était la jeunesse qu'il aurait voulu avoir. Et les manifestations, les courses folles d'une barricade à l'autre entre les escadrons de CRS dans le quartier Latin, ce qu'il aurait voulu vivre à vingt ans en échange de ses combats douteux. Hélas ! c'était trop tard. Il ne le savait peut-être pas, mais les étudiants qui faisaient cercle autour de lui le percevaient fort bien. Qui était ce vieil original qui parlait plus fort qu'eux ? Ils s'amusaient auprès de lui. Ils s'amusaient peut-être de lui. La frontière est si ténue. Bernard du Perray n'était pas l'un des leurs, mais il ne s'en rendait pas compte. Et cela le rendit pathétique à mes yeux. D'une noblesse paradoxale et pathétique.

Jusqu'à présent, je n'avais jamais envisagé que Bernard du Perray pût être pathétique. Il était un soleil. Je veux dire qu'il se frottait aux étoiles, aux stars, c'est la même chose. Il était un aventurier. Ma famille pouvait vieillir. Pas Bernard du Perray. Les premiers soubresauts de Mai 68, mes parents les avaient observés avec incrédulité et indifférence. Ils étaient trop âgés pour prendre peur. Ils étaient d'une génération dont les enfants avaient passé l'âge de les contester, des enfants qui étaient devenus adultes et savaient plus ou moins que ce qu'il leur arrive désormais n'est pas toujours de la faute des parents. Par ailleurs, mon père ne possédait ni usines, ni capitaux, ni biens immobiliers. Il n'avait rien à perdre de Mai 68. Pour lui, cette agitation fut moins une peur qu'une énigme. Il est interdit d'interdire. Soyons réalistes, demandons l'impossible. Ces mots d'ordre ou de rêve glissèrent sur lui. Qu'est-ce que ça voulait dire ? Il attendit que ça passe. La télévision en grève ? Il s'en fichait. Il préférait lire. Il avait chez lui tous les livres qu'il voulait. Mon père, de toute façon, relisait. Chateaubriand, la marquise de Sévigné, Stendhal. La pénurie d'essence dans les stations-service, il s'en moquait aussi. Il ne partait pas en week-end. Il préférait son bureau et son pot de gomme arabique. Que pouvait faire Mai 68 à un lecteur des *Mémoires d'outre-tombe* ? Mon père avait compris que l'histoire est souvent tragique, mais toujours imprévisible. Il s'était trompé tant de fois ! Il n'avait rien compris aux enjeux, aux génocides et aux valeurs morales de la dernière guerre mondiale, il avait cru un moment que Hitler voulait l'Europe avec l'appui de la France, alors que Hitler ne voulait qu'un grand Reich. Même après 1942 et l'entrée en guerre des États-Unis, il n'avait pas compris que l'Allemagne était à terme vaincue. Plus tard, il n'avait pas non plus pris la mesure des mouvements de décolonisation, en Afrique, en Extrême-Orient, en Algérie, et maintenant il croyait au succès planétaire de l'idéologie communiste, une question de temps. Alors il occupait son sursis à relire *La Vie de Henry Brulard* ou *La Vie de Rancé*, et il se disait qu'avec un peu de chance il serait mort avant qu'un régime soviétique ne s'installât en France. Mai 68 ne le concernait pas... Tout le contraire de Bernard du Perray. Mais les deux hommes, au fond, se retrouvaient dans le pathétique. L'un parce qu'il prenait trop de distance et l'autre parce qu'il n'en prenait pas assez. L'un parce qu'il avait déjà choisi le parti de la mort, du détachement excessif de ce monde. Et l'autre parce qu'il avait choisi le parti de la jeunesse et qu'il avait cessé lui-même d'être jeune, le parti des utopies, et qu'il était parvenu à un âge où l'on doit savoir qu'il n'est pas réaliste d'exiger l'impossible, ou pire, passé quarante ans, que c'est une faute de goût.

Les jeunes gens qui faisaient cercle autour de Bernard du Perray ne restaient pas longtemps. Ils se lassaient du numéro. Les discussions tournaient court. Ils s'éloignaient. Bernard du Perray les amusait. Le spectacle avait ses limites. D'autres curieux les remplaçaient. Bernard du Perray ne s'en rendait pas compte. Seul lui importait le groupe. J'étais là depuis un quart d'heure. Il ne m'avait toujours pas reconnu. Je ne savais quoi penser. Je pensais trop. Des pensées confuses. J'avais envie de retourner à la maison et de raconter à Henriette ce que j'avais vu ce soir-là, ce que j'avais ressenti (ce qui était plus difficile), de lui parler surtout de Bernard du Perray, mais la soirée n'était pas encore achevée et, si je restais, j'aurais d'autres choses encore à lui raconter.

Il y eut à ce moment dans la cour de la Sorbonne de l'agitation, comme un courant électrique ou un mot d'ordre venu de nulle part. C'est-à-dire des postes à transistor, des journalistes de Radio-Luxembourg ou d'Europe 1 qui commentaient en direct une échauffourée rue Soufflot ou un incident avec des CRS près de l'église Saint-Germain-des-Prés, qui servaient en somme d'agents de liaison et de renseignements pour les étudiants, et qui maintenant signalaient un rassemblement de policiers près du Luxembourg.

Le théâtre de l'Odéon était-il en danger, la patrie en danger ? Aucun doute, les CRS chargeaient ou allaient charger. La reprise de l'Odéon comme de la smala d'Abd el-Kader. Il fallait faire front. Les rumeurs les plus folles circulèrent. On se grisait de rumeurs. Elles alimentaient l'héroïsme, le sentiment délicieux de jouer à la guerre ou d'écrire l'histoire avec une majuscule. Bien entendu, tout était illusion : les rumeurs, l'héroïsme, l'insurrection, l'histoire, les majuscules. Reste que ces illusions étaient puissantes. C'était le charme de ce mois de mai. La cour de la Sorbonne se vida en quelques minutes. Ne restèrent que quelques « Katangais », un chanteur avec sa guitare, complètement défoncé au cannabis et qui ne s'était rendu compte de rien, et des jeunes femmes avec des marmots qui rejoignaient ou quittaient les crèches improvisées dans les amphis.

Bernard du Perray hésita. Allait-il suivre la rumeur et filer vers l'Odéon ? J'étais moi aussi perplexe. Je sortis par la rue de la Sorbonne. Bernard du Perray me précédait. Je revins à sa hauteur et lui dis simplement :

– Bonjour.

Je n'avais pas cherché ce ton de camaraderie officielle, volontaire, pénible. Non, c'était un bonjour calme, attentif sinon respectueux, un peu hésitant, disons un bonjour sur la pointe des pieds. Bernard du Perray ne tourna pas la tête. Pour lui, je n'étais encore qu'un étudiant parmi d'autres, la plus réduite des abstractions dans la foule, tout juste un individu. Et il me répondit :

– Bonjour, enfin bonsoir.

C'était un bonjour enfin bonsoir un peu fatigué et indifférent. Se retrouver seul, soudain, dans la rue, l'avait vidé de son énergie. Sans public, sans rôle à jouer. Il n'était plus rien. Le jeune homme inconnu à ses côtés ne pouvait combler ses attentes. Bonjour enfin bonsoir, c'était tout. Un sourire en coin. Parce qu'il était idiot en effet de dire bonjour alors que le soir tombait, que les réverbères s'allumaient et que Paris était merveilleusement calme à l'approche de la nuit. Peu de voitures circulaient. De loin en loin s'étiraient des sirènes de police. Ce n'était pas du bruit, juste des rayures sur la vitre du silence, une vitre un peu sale tout de même avec ce bourdonnement qui se devinait dans le quartier, cris et chuchotements, groupes de jeunes qui se déplaçaient au jugé, sans boussoles et qui ne tenaient pas à en avoir.

J'insistai sans violence. Oh ! je ne voulais pas du tout être violent. Après l'agitation de la cour de la Sorbonne, ce soir de printemps me paraissait enfin miséricordieux. Des nuages rose bonbon flottaient dans le ciel bleu de Prusse au-dessus de la rue des Écoles. C'était un soir de comédie musicale.

– Vous ne me reconnaissez pas ?

Il tourna la tête vers moi.

– Non.

– Pierre... Pierre Murr.

Il s'arrêta net, il ouvrit les bras, il me donna l'accolade avec une ferveur que je ne lui avais jamais connue.

– Pierre, sacré Pierre ! Tu as changé ! Le monde change. C'est formidable.

Mais il avait perdu son entrain en prononçant ces derniers mots. Je n'étais pas son public. Une personne, c'est un interlocuteur. Difficile de mentir ou de se mentir devant un interlocuteur. Votre mensonge risque de vous revenir en pleine figure comme un pavé rue Gay-Lussac. La vérité de Bernard du Perray, c'est qu'il n'avait plus d'entrain.

– Vous allez à l'Odéon ?

Il hésita un instant avant de répondre :

– Si je vais ?... Non, je ne crois pas. Il ne se passera rien ce soir à l'Odéon. Je le sens.

On marcha quelques minutes sans rien ajouter, côte à côte. Ni lui ni moi ne savions comment combler ces six années de silence, comment réduire notre *étrangeté* l'un à l'autre. Il se dirigea vers la place Maubert. C'était aussi mon chemin. Je restais à ses côtés. Cela lui parut naturel. On déboucha boulevard Saint-Germain. On s'éloignait du quartier Latin. Devant nous, il y avait davantage de silence. Les trottoirs s'ouvraient, aussi vides que la chaussée. Les rideaux de fer des magasins avaient été tirés pour la nuit.

Les transports en commun, la radio et la télévision d'État, tout Paris était en grève. Derrière nous, vers Saint-Germain-des-Prés, il y avait les étudiants. Devant nous, vers la place Maubert, le reste de la France de Mai 68. De quel côté penchait Bernard du Perray maintenant ?

– Vous y croyez ? je lui demandai.

– A quoi ?

– A tout ça !

D'un geste du bras, j'indiquais ce à quoi on tournait le dos. Il ne répondit pas tout de suite. Et puis il murmura :

– C'est un instant à vivre, mon vieux Pierre. Et ça vaut la peine de le vivre, non ?

– Mais vous pensez que ça aboutira à quelque chose, un changement de gouvernement.

– Peut-être.

– Un changement de régime ?

– Ça m'étonnerait, mais je m'en fiche. Ce qui compte, c'est de s'amuser. Tout ça est assez magique, tu ne trouves pas ? La magie de l'instant. Il faut en profiter.

Bernard du Perray trahissait là son côté un peu jouisseur. Sa rapidité à profiter de tout. A respirer l'air du temps et à le tourner à son profit. Ce n'est pas par hasard qu'il avait prospéré dans le show-business. Pour y réussir, il fallait d'abord savoir le respirer et l'apprécier, cet air. Renifler les modes. Capter les goûts, les odeurs, les signes avant-coureurs. Et puis les accompagner, les encourager. Et dès que le vent tournait, d'autres parfums, l'air d'un nouveau temps, le temps d'un nouvel air, aussitôt il fallait orchestrer cela, le porter sur le devant de la scène. Le métier de Bernard du Perray ? Être le ventilateur de l'air du temps... Mais maintenant, quelque chose clochait, quelque chose semblait brisé chez lui. Ou, sinon brisé, fatigué tout simplement. Il n'était plus aussi rapide qu'autrefois. Ni son désir d'être à l'affût des modes aussi aiguisé.

– Et ton père, qu'est-ce qu'il pense de la situation ? me demanda-t-il.

– Mon père, il n'en pense rien, il n'y comprend rien.

– Pauvre Georges, ça ne m'étonne pas de lui... Tu sais qu'il est mon plus cher ami, tu le sais, Pierre ?

Non, je ne le savais pas, je ne le pensais pas. Bernard du Perray avait disparu depuis six ans. On ne laisse pas sans nouvelle, son plus cher ami pendant six ans. La vérité, c'est que mon père lui permettait de temps à autre de chérir ce qu'il avait de plus précieux : sa jeunesse, et l'un des moments les plus pénibles et les plus exceptionnels de sa jeunesse : ses années de prison. A qui d'autre se serait-il confié ? Mais je ne voulus pas le contredire.

– Au fond, reprit-il, ton père est un pur intellectuel. Normal qu'il prenne ses distances, qu'il se sente dépassé. D'abord les intellectuels ne comprennent jamais grand-chose au monde qui les entoure. J'ai payé pour le savoir.

– Payé ?

– Tous ces discours dans ma famille sur les communistes, le péril russe, tu vois... Mon père lisait *L'Action française*. On était royaliste chez nous et j'étais un jeune homme docile. L'éditorial de Charles Maurras, mon père le lisait parfois à voix haute.

Parole d'évangile ! C'est alors que j'ai fait cette connerie, que je me suis engagé. Pour me venger de mes parents ou pour les prendre au mot. Un peu des deux.

Il se mit à rire. Je ne cherchai ni à le contredire ni à l'approuver.

– Mais ce que j'aime chez ton père, poursuivit-il en retrouvant son sérieux, c'est qu'il est un intellectuel d'un autre temps. Il ne cherche pas à comprendre le monde d'aujourd'hui. Il n'était pas fait pour le journalisme, ce pauvre Georges ! La politique l'a rattrapé. Il a été une victime, dans son genre. Il est heureux dans le passé. Sa chère marquise de Sévigné ! Qu'est-ce qu'il ficherait à la Sorbonne ou à l'Odéon, dis-le-moi, hein ?

Je souris. Je cherchai à me représenter mon père entre les CRS et les étudiants et je n'y parvins pas. L'ennui, c'est que Bernard du Perray non plus ne s'accordait pas à la cour de la Sorbonne, mais que, lui, il y paradait.

– Pauvre Georges, reprit-il, il n'a pas été trop heureux. Les intellectuels sont rarement heureux. Ils ne savent pas profiter de l'instant... Et tu sais ce qui est bien, Pierre ?

– Non.

– C'est qu'il n'y a pas encore trop d'intellectuels pour pérorer sur ce qui se passe en ce moment. Tout galope. Leurs paroles sont à la traîne. Ils sont ridicules, ces intellectuels ! Ridicules à vouloir tout théoriser !

Maintenant, il parlait comme un fasciste, Bernard du Perray, avec son dégoût des intellectuels. Ou alors comme un hédoniste fatigué qui préfère ses derniers plaisirs aux premiers commentaires.

– Vous avez garé votre voiture par là ?

Il hocha la tête, il m'indiqua une direction, après la place Maubert, du côté de la rue des Bernardins. Il avait tout de même de ces prudences, Bernard du Perray ! Il se garait à l'écart des chahuts. Normal.

– Vous avez toujours une Triumph ?

Il eut un petit rire de mépris.

– Non, j'ai une vieille guimbarde, une 2 CV qui part en morceaux. Faut être de son temps !

Une 2 CV ! L'ascension et la chute de Bernard du Perray. Décidément, en ce mois de mai, tout devenait possible. Toutes les révolutions.

On dépassa la place Maubert où des chats se disputaient les détritus du marché de la matinée. Les éboueurs aussi étaient en grève. On s'éloignait de plus en plus des étudiants et donc du mois de mai.

Un instant, je m'amusai à récapituler ce que m'avait apporté Bernard du Perray lors des trois ou quatre rencontres de notre vie. Aucun doute, il avait contribué à enchanter mon adolescence, à la rendre un peu moins prévisible. Il m'avait présenté Virginia qui aurait pu être une initiatrice amoureuse et puis non ! Virginia était une Américaine conformiste. Elle devait être mariée désormais à son officier de l'US Navy. Je n'aurais plus jamais de ses nouvelles. Sa vie avait basculé. La mienne aussi. C'était très bien comme ça. Bernard du Perray m'avait surtout aidé à mieux comprendre mon père. Et cela sans jamais m'en parler vraiment. Juste des allusions. Mais, par sa seule présence, il m'avait poussé à me le représenter à une époque sur laquelle, d'un commun accord chez nous, chacun faisait silence. En un sens, mon père était le contraire de Bernard du Perray. Je ne voyais entre eux qu'un seul point commun. A la différence des fascistes ou des collabos de cœur qui s'étaient réjouis de la débâcle de 40 parce qu'elle justifiait leurs avertissements, leur haine de la démocratie, de la gauche, des Juifs ou du Front populaire, et qu'elle leur permettait désormais de parader sur les décombres, je pense qu'ils avaient vécu tous deux cette défaite comme une épreuve et un chagrin. Jamais, dans les articles d'avant-guerre que mon père publiait dans ce journal très français moyen qu'était *Le Petit Parisien*, il n'avait été question d'un tel mépris pour les autorités républicaines. Mon père avait été mobilisé en 1939, il avait combattu comme sous-officier en Lorraine, du mieux qu'il avait pu. Bernard du Perray, trop jeune, n'avait pas non plus accepté cette défaite, il avait voulu la corriger de façon aberrante, montrer que les jeunes Français étaient capables eux aussi d'héroïsme, même dans les combats dévoyés et perdus...

Mais comme tout cela me paraissait désormais lointain et presque indifférent sur le trottoir du boulevard Saint-Germain ! Ces vieilles histoires de famille ! Après Mai 68, mon père allait vivre encore trente ans. Je ne le soupçonnais pas. Il me paraissait déjà un vieil homme par son indifférence butée à l'actualité. Et Bernard du Perray, je devinai qu'il avait cessé de travailler dans le show-business. Il n'en donnait plus l'apparence. Il n'en avait plus le prestige. Une 2 CV ! Que faisait-il ? De quoi vivait-il désormais ? Je n'osai pas lui poser la question. Il tourna brusquement à gauche, rue de Pontoise, vers la Seine. J'hésitai à le suivre. Il se retourna, me posa la main sur l'épaule.

– Je songe à écrire mes Mémoires, me dit-il de but en blanc.

– Votre guerre en Russie et tout ça ?

– Et tout ça, oui. Mais tu sais, là-bas, on n'était pas des héros. On avait voulu jouer aux héros. Ensuite, on n'avait plus le choix. C'est simple. Pour l'instant, j'en ai fini avec mon ancien métier.

– Le spectacle, le cinéma, les chanteurs ?

– Les chanteurs, oui ! Maintenant j'écris. Tu le diras à ton père. Je parie que ça l'amusera. De toute façon, je lui donnerai de mes nouvelles un de ces quatre.

Bernard du Perray ne donna jamais de ses nouvelles. Mon père sembla s'en accommoder. Moi aussi. Bernard du Perray avait tenu son rôle. La page était tournée. Est-il encore en vie à l'heure où j'écris ces lignes ? Mais là, au coin du boulevard Saint-Germain et de la rue de Pontoise, je compris que c'était fini, la représentation achevée, et que le reste n'avait plus d'importance. On entendait encore de temps à autre des sirènes de police ou de pompiers. C'était la fin d'un drôle de mois de mai. Je ne vivais plus seul. Une femme m'attendait dans l'île Saint-Louis. Bernard du Perray et mon père à la prison de Clairvaux, ce n'était pas mon histoire. Définitivement. Curieux ce sentiment que m'inspira là, sur le trottoir, Bernard du Perray. Un sentiment de tendresse et d'indifférence. Quelque chose d'inéluctable et d'apaisé. L'adieu à mon enfance et aux fantômes familiaux. Des fantômes que seule la mort de mes parents ferait resurgir une dernière fois. Là, sur le trottoir, j'aurais voulu le retenir, Bernard du Perray. Et puis non, à quoi bon ?

Il fit quelques pas et se retourna.

– Adieu, Pierre !

Il plongea la main dans la poche de son jean pour prendre les clés de sa 2 CV et, un instant, il retrouva cette élégance, cette souplesse du poignet, cette nonchalance souveraine qui m'avaient tant émerveillé. Mais il s'éloignait à pas plus lents. Il avait vieilli. Il voulait écrire des Mémoires qu'il n'écrirait (ou ne publierait) jamais. Il était passé du côté du mensonge, des accommodements avec la vie, avec l'image de sa vie qu'on laisse derrière soi. J'ouvris la bouche pour dire quelque chose, mais je ne savais pas quoi. Il se retourna une dernière fois et me vit comme ça, la bouche ouverte, sans doute un peu ridicule.

– Oui ? me demanda-t-il avec espoir, comme si j'allais le retenir de mon côté, du côté de la jeunesse ou de l'éternité.

Je cherchai un mot, une phrase, une bouée.

– Vous vous souvenez de Stéphane Grappelli ?

– De qui ?

Il était déjà à une vingtaine de mètres. Peut-être qu'il devenait sourd.

– Stéphane Grappelli, votre promesse.

– Quelle promesse ?

Il eut une expression un peu inquiète, il ne voyait pas à quoi je faisais allusion.

– Non, rien, ça n'a pas d'importance, lui dis-je.

Ça n'avait pas d'importance en effet.

février 1998-janvier 2000

Table

DU MÊME AUTEUR

Cartes postales
Gallimard, 1973
et « Folio » n°2539

Louis-Ferdinand Céline, misère et parole
Gallimard, 1973
et « Folio-Essais » n° 111

Les Cercles de l'orage
Grasset, 1976

Yedda jusqu'à la fin
Grasset, 1978
et « Livre de Poche » n°3844

Bébert, le chat de Louis-Ferdinand Céline
Grasset, 1976
et « Cahiers Rouges » n°194

Mes îles Saint-Louis
Le Chêne-Hachette, 1981

Fin de saison au palazzo Pedrotti
Seuil, « Fiction & Cie », 1983
et « Points Roman » n°R170

La Nartelle
Seuil, « Fiction & Cie », 1985

Gioacchino Rossini
Seuil, 1986

Céline
Belfond, « Les dossiers », 1987

Riviera
Seuil, « Fiction & Cie », 1987

La Vie de Céline
Prix Goncourt de la biographie
Grasset, 1988

L'Art de vivre à Venise
(photographies de Jérôme Darblay)
Flammarion, 1990

Sérénissime
Prix Valéry-Larbaud
Seuil, « Fiction & Cie », 1990
et « Points Roman » n° R545

Il me semble désormais que Roger est en Italie
Actes-Sud, 1991
et « Babel », n°335

Charles et Camille
Grand Prix du roman de la ville de Paris
Seuil, « Fiction & Cie », 1992
et « Points Roman » n° R667

Un amour de chat
Seuil, « Points Roman » n° R623, 1993

Paris vu du Louvres
(photographies d'Albert Wolf)
Adam Biro, 1993

La Comédie de Terracina
Grand Prïx du Roman de l'Académie Française
Seuil, 1994
et « Points » n° P209

Deux femmes
Seuil, 1997
et « Points », n° P517

Esther et le diplomate
Seuil, 1999
et « Points », n° P713

RÉALISATION : PAO ÉDITIONS DU SEUIL
IMPRESSION : S.N. FIRMIN-DIDOT, AU MESNIL-SUR-L'ESTRÉE
DÉPÔT LÉGAL : FEVRIER 2002. N° 53046 (58152)